黑色罪证

康奈尔·伍里奇黑色悬疑小说系列

[美]康奈尔·伍里奇 著

魏兰 译

上海文艺出版社
Shanghai Literature & Art Publishing House
上海故事会文化传媒有限公司

康奈尔·伍里奇黑色悬疑小说系列(全18种)

编委会

总策划 夏一鸣

主　编 黄禄善

副主编 高　健

编辑成员（按姓氏拼音为序）

蔡美凤　高　健　洪圣兰　胡　捷

黄禄善　唐　祯　吴　艳　夏一鸣　朱崟滢

序　言

你见过妻子为丈夫的情妇洗冤吗？见过杀手恋上自己的谋杀目标吗？还有弃妇嫁给死人、员工携带老板爱妻逃亡、富豪邮购致命新娘，等等。所有这些令人心颤的诡谲事件，或者说，诞生在西方资本主义世界的怪胎，都来自康奈尔·伍里奇（Cornell Woolrich, 1903—1968）的黑色悬疑小说。黑色悬疑小说，又称心理惊险小说，是西方犯罪小说的一个分支。它成形于20世纪40年代，在50年代和60年代最为流行。同硬派私人侦探小说一样，这类小说也有犯罪，有调查，然而它关注的重点不是侦破疑案和惩治罪犯，而是剖析案情的扑朔迷离背景和犯罪心理状态。作品的叙事角度也不是依据侦探，而是依据与某个神秘事件有关的当事人或案犯本身。伴随着男女主角因人性缺陷或病态驱使，陷入越来越可怕的犯罪境地，故事情节的神秘和悬疑也越来越强，从而激起了读者的极大兴趣。

康奈尔·伍里奇被公认是西方黑色悬疑小说的鼻祖。他出生于美国纽约,幼年即遭遇父母离异的不幸。在前往父亲工作的墨西哥生活了一段时期之后,他回到了出生地,同母亲相依为命。1921年,他进入了哥伦比亚大学,但不多时,即对平淡的学习生活感到厌倦,并于一场大病之后退学,开始了向往已久的职业创作生涯。1926年,他出版了长篇处女作《服务费》,接下来又以极快的速度出版了《曼哈顿恋歌》等五部长篇小说。这些小说均被誉为"爵士时代小说"的杰作,尤其是《里兹的孩子》,为他赢得了《大学幽默》杂志举办的原创作品大奖,并得以受邀来到好莱坞,将小说改编成电影剧本。1930年,"事业蒸蒸日上"的康奈尔·伍里奇与电影制片商的女儿结婚,但这段婚姻只维持了几个星期便因他本人的恋母情结和同性恋倾向而告终。此后,康奈尔·伍里奇一度意志消沉,创作也连连受挫。一怒之下,他销毁了全部严肃小说手稿,转向通俗小说创作。1940年,他的第一部黑色悬疑小说《黑衣新娘》问世,顿时引起轰动,他由此被称为"20世纪的爱伦·坡"和"犯罪文学界的卡夫卡"。紧接着,他又以自己的本名和笔名陆续出版了17部国际畅销书,其中的《黑色帷帘》《黑色罪证》《黑夜天使》《黑色恐惧之路》《黑色幽会》同《黑衣新娘》一道,构成了著名的"黑色六部曲"。其余的《幻影女郎》《黎明死亡线》《华尔兹终曲》《我嫁给了一个死人》,等等,也承继了同样的黑色悬疑风格,颇受好评。与此同时,他也在《黑色面具》等十几家通俗杂志刊发了大量的中、短篇黑色悬疑小说。这些小说同样受欢迎,被反复结集出版。然而，巨额稿费收入并没有给他带来精神愉悦。他依旧"像一只倒扣在玻璃瓶中的可怜小昆虫"，徒劳挣扎，郁郁寡欢。自50年代起，因酗酒过度，加之母亲逝世的沉重打击，康奈尔·伍里奇的健康急剧恶化，他的一条腿因感染未及时医治而被截除。1968年，康奈尔·伍里奇在孤独中逝世，死前倾其所有财产，以母亲名义为母校哥伦比亚大学设立了一项教育基金。

康奈尔·伍里奇的黑色悬疑小说引起了众多作家的模仿。最先获得成功的是吉姆·汤普森（Jim Thompson, 1906—1977）。他的《我心中的杀手》等小说以破案解谜为线索，表现罪犯的犯罪心理，从多个层面反映小人物的重压。稍后，霍勒斯·麦考伊（Horace McCoy, 1897—1955）和戴维·古迪斯（David Goodis, 1917—1967）又以一系列具有类似特征的作品赢得了人们的瞩目。20世纪50年代至60年代，黑色悬疑小说层出不穷，代表作家有查尔斯·威廉姆斯（Charles Williams, 1909—1975）、哈里·惠廷顿（Harry Whittington, 1915—1989),等等。同康奈尔·伍里奇和吉姆·汤普森一样，这些作家注重塑造处在社会底层、具有人性弱点或生理缺陷的反英雄，但各自有着独特的创作手法和成就。

康奈尔·伍里奇的黑色悬疑小说还引发了战后西方黑色电影浪潮。自1937年起，依据康奈尔·伍里奇的长、中、短篇黑色悬疑小说改编的电影即频频出现在美国各大影院，并进一步成为好莱坞电影制作的主要来源，尤其是1954年，阿尔弗雷德·希区柯克(Alfred Hitchcock, 1899—1980)执导的电影《后窗》赢得了爱伦·坡奖,将这种改编推向了高潮。据不完全统计,20世纪40年代至60年代,共有35部康奈尔·伍里奇的作品被改编成电影,其数目远远超过达希尔·哈米特(Dashiell Hammett, 1894—1961)和雷蒙德·钱德勒(Raymond Chandler, 1888—1959)。不久,这股康奈尔·伍里奇作品改编热又延伸到了南美、德国、意大利、土耳其、日本、印度,尤其是《黑衣新娘》和《华尔兹终曲》,在法国持续引起轰动。80年代和90年代,康奈尔·伍里奇作品又被西方各大媒体争先恐后改编成电视连续剧、广播剧。与此同时,新一波电影改编热又悄然兴起。直至2001年,美国著名影视剧作家迈克尔·克里斯托弗(Michael Cristofer, 1954—)还将《华尔兹终曲》改编成了电影《原罪》,广受好评。2012年,《后窗》又被改编成百老汇音乐剧。2015年至2019年,作为好莱坞经典保留剧目,电影《后窗》再次在美国各大影院上映,引起轰动。

这套丛书汇集了康奈尔·伍里奇的18部黑色悬疑小说,包括16部长篇和2部中短篇,是迄今国内译介康奈尔·伍里奇的品种最齐全、内容最丰富的一个系列。这些小说既有爱伦·坡和卡夫卡的印记,又有硬汉派侦探小说的风格,但最大特色是制造了紧张的恐怖悬念。作品大多数以美国经济萧条时期的大都市为背景,着力表现人性的阴暗面和人生的残忍、污秽、挫败以及虚无。譬如《黑衣新娘》,描述一个神秘女子伪装成不同的身份和外表对多个男性疯狂复仇，起因是多年前那些人枪杀了她的丈夫，从那时起，她就誓言血债血偿，其手段之残忍，令人咋舌。而《黑色幽会》则描述一个男子的未婚妻被五名男子的空中抛物致死，其心灵被疯狂滋长的复仇欲望所扭曲，并渐至迷失本性。在难以言状的病态心理驱使下，他将这五名男子最心爱的女人一个个杀死。与此同时，他也成为可悲的社会牺牲品。

同这类以罪犯为男女主角的小说相映衬的是另一类以受到陷害、孤立无援的无辜者为男女主角的作品。《黑色帷帘》和《幻影女郎》堪称这方面的代表作。在《黑色帷帘》中，男主角脑部遭受重击丧失记忆力，过去的生活片段如梦魇般在内心煎熬。他渐渐回忆起自己曾被人陷害，是一起谋杀案的疑犯。而要洗清嫌疑，他必须恢复记忆。伴随着支离破碎的回忆，他极度害怕自己就是真凶。无独有偶，《幻影女郎》中的男主角与妻子吵架负气出门，在与陌生女郎约会之后，发现妻子被杀，自己则被控告行凶，判处死刑。本可以证明他清白的神秘女郎，却仿佛人间蒸发一般，而那晚所有见过他的人，都不记得他曾与女郎在一起。随着行刑日期接近，所有寻找女郎的努力都以失败告终。即便他本人也开始怀疑，是否真有这样一位女郎存在。

为了增加作品的悬疑，特别是中、短篇小说中的悬疑，康奈尔·伍里奇也会仿效一些传统侦探小说的写法，描述一些出人意料的谋杀奇案。如《死亡预演》描写身穿宫廷裙服的女演员突然被烧死，警方必须弄清楚罪犯（伴舞者中的一个）如何在一大群伴舞者中放火杀人。而《自动售货机谋杀案》要解决的则是罪犯如何利用自动售货机毒杀三明治购买者。除了一些常见的布局手法，暗示超自然力量的存在也是康奈尔·伍里奇解释某些罪案发生的方法之一。《眼镜蛇之吻》述说一个离奇的印第安妇女能将毒蛇的毒液转移至其他物品。《疯狂灰色调》描述一个坚持要解读出"乌顿"（一种巫术）秘密的乐师。《向我轻语死亡》则以一个先知谶语来展开叙述。面对通灵师预言女孩的叔叔将在两天后被雄狮咬死，警察该如何阻止这场事先张扬且没有罪犯的命案？被预言逼得精神失常的叔叔又该如何保护自己？所有人是否能在死亡期限之前揭开阴谋面纱？诸如此类的谜底，将在"康奈尔·伍里奇黑色悬疑小说系列"中一一找到答案。

黄禄善

Contents

罪证 /1
特蕾莎·德尔加多 /25
康奇塔·孔特雷拉斯 /49
克洛洛 /105
萨莉·奥基夫 /154
黑色罪证 /178

罪　证

套房客厅门铃响起的时候,她正坐在梳妆镜前,拿不定主意,不知道在这时尚人士都会出门的时段,肩上到底是该佩戴那串水晶葡萄还是那朵盛开的栀子花。

不论她做何决定,都将在全城引起轰动。这意味着在接下来的几周时间里,成百上千的女性将佩戴水晶葡萄,抑或是盛开的栀子花作为装饰。

很难想象,就在几年前,根本没有人在意她肩上别了什么东西。她身上其他的装饰物,人们也不会看上一眼。她曾脚踩高跟鞋在底特律的三流旅馆,为找工作来回奔波。而现在已今非昔比了。

她不禁抬起头,又往那边窗外看了一眼——她总是忍不住要看过去。那可是她重要身份的证明,如同徽章,即使转瞬即逝。那里写着:

赌场饭店

琪琪·沃克

与她伟大的艺术杂志

"Tric—Trac"

这是这座城市里最值得一看的景观,在日落后深蓝天空的映衬下,尤为如此。等下周开幕时,这里会通电,即使在黑夜里,她的名字也能在阿拉美达另一端看到。

人们以她的名字命名了香水和指甲油,当然也为获此殊荣支付给她高额费用。在那家时尚的"英格兰"酒吧里,最新款的鸡尾酒就是"琪琪·沃克鸡尾酒"("顶上火红,极为炫目!"酒保会向每位客人推荐)。去年整个"冬天"(6—9月),她可谓红遍了巴拿马运河南部第三大城市——坐着自己专属司机驾驶的专车,使唤着自己的专属女佣,住着酒店套房。对一个曾在底特律三流旅馆里累死累活地表演、只因一场巡回演出告吹而无路可走的人来说,这已经不错了。已经很不错了!

她到现在也不是很清楚这一切到底是怎么发生的。一点点舞蹈天赋、一点点歌唱才能,再加上一大把好运气,就变成现在这个样子。基本上就是在对的时间来到对的地点,于是就发生了这样的事情,毫无竞争可言。在底特律,人们觉得她的演唱虚伪矫饰;

可在这儿，人们听不懂她唱的什么，于是便觉得妙趣横生。在底特律，人们对红头发司空见惯；可在这儿，她的一头红发却稀罕少有。当然，曼宁和他的那些策划或许——她更愿意相信只是或许——在吸引大众眼球方面起了些作用。

对于他们的初次相遇，她一点儿也不愿去回想。当时，曼宁坐在临街的一家咖啡馆里，胡子乱蓬蓬的，假领子也脏兮兮的；而她正好走进这家咖啡馆，想试试运气，看能不能找到一份收银的工作，或者服务生的工作也行。曼宁主动为她买了一杯咖啡。在这么一个咖啡馆喝杯咖啡，他还是请得起的，而且她当时看上去确实需要一杯咖啡暖暖身子。两人坐了半个小时，起身离开之时，他便成了她的经纪人。两周后，她有了第一份工作，而他也换上了干净的假领子。

"是我成就了他。"她常常这么想，来结束那段不愉快的回忆。

从某种程度上讲是他造就了她，这种想法实在太可怕，她想也不会想的。但不论是谁成就了谁，有一件事是可以肯定的：她会对此事绝口不提。

敲门声不断传来。"可能是曼宁先生，玛丽亚，"她大声对女仆说，"让他进来。"

她听到门闩拉开的声音，但不似往常女仆接下来的欢迎之词，传来的是一个人惊恐的尖叫声，一阵匆忙的脚步声，接着是一把椅子飞出去的声音，好像有人被砸中了。

琪琪急忙从椅子上转过身来，起身查看。就在那一瞬间，不知什么东西向她冲了过来，她这才定睛细看。有些东西，即使亲眼所见，我们也不愿相信，而这东西，就是其中之一。从客厅冲进里间、扑向她的那东西把脑袋贴在地上。在那可怕的时刻，她能做的就是分辨这是"什么东西"的脑袋——猫科的某种动物——美洲豹、黑豹，这些标签性的词语依次浮现在她吓蒙了的脑海里。

这家伙浑身黝黑，细长的面部，尖短的耳朵，口鼻贴着地面，以"之"字形快速向前跃进。看到这光景，她也像那女仆一样尖叫起来，转身一跃，便跳上了她的梳妆台。动作轻盈敏捷，一看便知她有舞蹈功底。香水、香粉以及其他一些小摆设散落一地，其中一只玩具小八音盒掉在地上，发出几声"叮叮咚咚"的声响。她站在高处，花容失色，裙摆高高拉起到大腿处。她前后扇动裙摆，想以此保护自己，同时赶走这可怕的家伙。

就在这时，她突然注意到这家伙的口鼻是套住的，还有一根拉紧的皮带，随后，出现在她眼前的是杰里·曼宁那张熟悉的中西部的脸，眯着眼睛，远远地看着她。她终于不再尖叫，能说话了，但音量一点儿没减。那东西优雅地曲着它那细长的身子横在两人之间。它向前伸展着身体，肚皮压在皮带绳上；黑色的皮毛光滑发亮，前腿那有力的肌肉轮廓清晰可见，尾巴来回摆动着，正试图咬住那个长笛形的八音盒。

"快把这东西弄走！"她用最高音连哭带喊，"曼宁，你搞什么！？带这东西过来！？"

"它不会伤人的，"曼宁向她解释说，随手又把他那顶巴拿马羽毛帽压回到眉毛的位置，"它一点也不可怕。我一个人开着卡车带它过来的。它很温顺，从小由城外一户人家喂养的。"

"那你把这东西带我这里来干吗？"她终于不再尖叫了。

"我觉着，如果你在阿拉美达每日出行都带着这家伙，那该是多美妙的一番景象啊。"

"带着这家伙！不可能！就算从楼梯口走到大门，我都做不到，更别说还要在城里兜一圈！你知道吗？曼宁，我已经受够你那奇特的脑回路了——"

曼宁慢悠悠地拿出打火机，点上一支烟，这一切他都是用一只手完成的。"想想看这将激起多么大的反响。只需和它一起走出轿车，到环球餐厅点一杯马天尼，坐那么一会儿。就这么简单。我已经在那里都安插好了摄影师，就等着拍你和这家伙的合影。我要让下周日的《会图》杂志整本都是你的内容，我已经和那里面的一位老熟人赫雷拉联系好了，留两个整版登你的特写照片。瞧，我连这黄金链绳都给你准备好了。"

"你对我简直太好了！"琪琪一脸不高兴地说。

"我这都是为了你，又不是为我自己，"曼宁哄着她说，"下周你就要演出了。这些拉美人都希望自己的偶像标新立异。你也希望自己的演出能一炮而红，是吧？"

5

"我倒是希望还能如约演出,而不是裹满绷带,躺在医院里,"她说道,"这次被你设计了。我现在要做什么?毕竟,它可是与众不同的。"

"对你这样的事业而言,没有什么被设计。琪儿,这就是个游戏。给我一分钟,你看好了。"那东西倒向一侧,伸长了身子,正悠闲地舔着爪子。曼宁弯下腰,五指像梳子一样来回梳理它颈下柔软的皮毛。这东西顺势打了个滚,平躺在地上,尽显猫科动物所特有的妩媚,四只爪子懒洋洋地朝上蜷缩着,似乎有点儿羞怯,想要弹开他的手。"没有什么动物比它更顺服了,对吧?来吧,牵着它,出去试试感觉。"他伸手拉住她畏缩的手,把皮绳后面的绳环塞进她的手里。

她依旧站在化妆桌上,但已有一点点接受了,虽然程度细微,不易察觉。她放下高高提起的裙摆,抓住皮绳,曼宁早就松手了。

"我会坐出租车一路跟着你的。"

可这时,她一下子变得十分坚决。"不行,绝对不行。你一定要和我乘同一辆车子,你坐前排,不然,我哪儿也不去。"

曼宁把最有力的理由留到了最后,根据他以往的经验,这一条屡试屡成。他就是个训练有道的心理专家。"你真该看看这套行头的效果。你真该看看你们一同出现的样子。快下来,琪儿,到这边来,带着这家伙照照镜子。古希腊女王和埃及艳后也不过如此。"他抬起手,扶她下来。

这些话似乎奏效了。她虽然仍旧斜眼盯着那东西,不过一只脚开始小心翼翼地向下探,慢慢靠近那东西身旁的地面。

"上帝呀,"她最后说道,不时冒出底特律方言的味道,"我这都是为艺术献身。"

如果说她之前每次出现在环球餐厅都会带来震动,那么这次她的出现就好比一次电击。来这里就餐的人一直排到人行道遮阳伞之外。这里的每位客人都是有头有脸的人物,是任何一位女演员都想来展现自我的地方。

曼宁坐在帕卡德汽车前排,和司机并排。在琪琪的一再要求下,他一直握着那根皮绳,等他们到达饭店,才将绳环递到琪琪手里,由她去制造新闻。身着制服的司机跳下车,跑过来为她打开车门。她起身,站着没动,等到大家都注意到她时,才准备下车。可这时,她却一下子愣在那里。那畜牲趴在车门前一动不动。她正打算抬脚跨过去。

"用脚推推。"曼宁压低声音说道。

她用脚尖轻轻碰了碰它的身侧。又碰了碰。黑豹不情愿地站起来,停顿了一下,突然像泼出的黑水一般跃上人行道,她的胳膊被猛地一拽,害得她花了好一番力气才掩饰住自己的尴尬。随后,她带着维纳斯般的微笑,优雅地步出车门。

至此,这头黑豹首次出现在咖啡馆人群的视野中——因为它之前一直趴在车里,人们并没有注意到它。人群中传来一阵死气沉沉的低吟声，那是几十个喉咙在同一时间一齐发出的惊叹混杂在一起形成的声音。紧接着便听到人们兴奋的评论声。"米拉！米拉！看看她牵着什么！"这样的语句从一把椅子传到另一把椅子，从一张桌子传到下一张桌子，四处传开。后面的人们站起身来，想看个仔细。女人们发出了惊恐的叫喊声："哦，太可怕了！老天爷呀！她怎么把这东西带出来了？"她们一下子跳起来，准备逃离这条路。

人行道上的人越聚越多，但都敬而远之。

"待在这儿，别让他把车开走。"她紧张地对曼宁说，但同时她仍保持微笑，表现出一副轻松镇静的样子。

"他不能待在这儿，这里不准停车。我们就等在这条街的尽头。不会有事的，走到你的餐桌前坐下。"拉起刹车的声音似乎将她定格了，曼宁立刻警告说，"别站在这儿，琪儿，你现在就是在舞台上演出呀。这就是你的直播。人们都在看着你呢。"

汽车静静地从她身后驶开了，她只能靠自己了。她拿起曼宁送的道具小鞭子，轻轻地碰了碰那头黑豹，它倒是十分顺从地向前走去，或许是受到食物气味的吸引。最靠近她的座位的人小心翼翼地向后挪着椅子，这一人一豹就这样沿着桌子之间狭窄的空间前行。

所幸要走的距离并不远。走到她惯常的桌子旁，她停了下来。那是为她预留的。她稍稍拉紧皮带，设法使黑豹也停下来，然后神情高冷地坐在侍者为她拉开的芦苇丝靠背椅上。侍者谨慎地站在她身后等她点单，并没有像往常一样走到桌子的另一边。

"一杯干马天尼。"她点好后,交叉着双腿,环顾四周,神情淡漠，一副时髦女士在时髦场所惯用的造型。同时，她又拽了拽皮带，这样反复几次后，它便在她脚边趴了下去。然而，这人兽之间仍旧隔着那张线轴形的桌子。它就那样趴着，一动不动，仿佛疲倦到了极点，只有外面街上出租车鸣笛时,它的耳朵会偶尔抽搐一下。

近旁的一些人不动声色地向后挪了挪。他们有的把桌子尽可能地挪到一边；有的没有挪桌子，但把椅子移到桌子另一边，面朝它坐下，不要让自己后背冲着它。于是，她便坐在一个圆形空地的中心。就连服务员在给她送餐的时候，也绕路过来，从后面隔着她的肩膀，把杯子放在桌上。

如果她不喜欢人们关注的目光，她就不会当演员。人们无法把目光从她身上移走，或者说这关注已成为她的附属物之一，对她来说都是一回事。她拿出一支金尖的香烟，叼在嘴上，转向空荡荡的地方，寻找火。想为她点烟的人争先恐后地从她身后凑了上来。

这时，曼宁安排好的那些记者不知从哪儿冒了出来，聚集到她身边。"采访几句，行吗，沃克小姐？"

"可以，当然可以。"她亲切地回答。

其中一位记者屈下一条腿，将反光板对着她。"可以拍照吗，沃克小姐？"

"可以。"

闪光灯令那畜牲有些不安。它蜷缩着，慢慢往桌下移了移。

"这家伙叫什么，沃克小姐？"

"Big Boy。这是英语，就是西班牙语男孩的意思。"她灵机一动，毕竟她是一名演员。

"你养了很久了吧，沃克小姐？"

"不，我也今天才得到的。是一个朋友送给我的。"

采访记者的眼角浮现意味深长的神色。"我可以说是一位特别的朋友吗，沃克小姐？"

琪琪羞怯地垂下眼睛，捻转着牙签，扎着她玻璃杯里的橄榄。"是的，可以这么说。"她最后承认了。

"你喂它吃些什么，沃克小姐？"

一瞬间，她有些不知所措，但马上就说："哦，一点点这个，还有一点点那个。"她的舞台表演经验帮了她一把。

事情就发生在这个时候。具体导火索是什么，之后流传的版本众说纷纭，莫衷一是。有的说旁边有一只京巴在车里狂吠，吵醒了它。也有人说，另一桌有人无事生非，趁琪琪接受采访之时，扔给它一块肉，想看它的反应。还有一些人则认为是摄影装置接二连三的闪光最终令它的神经系统无法忍受。

无论如何，事情发生时没有任何前兆。那头黑豹收拢的双腿突然像弹簧一样弹开，伴随着一声低吼，飞一般地顺着遮阳篷跑开了，不见了踪影。轻巧的桌子被掀翻了，琪琪连椅子一同倒地，原本围在四周的采访者一哄而散。

恐慌在拥挤的桌子间蔓延开来，如同火焰在稻草上蔓延开来一样。屋里的人全都跑去墙边，外面的人关上了门，躲着它，即使都是玻璃。女人尖叫起来，这一次不是为了营造某种效果，男子声音低沉地叫喊着，侍者手中的托盘掉在地上，只能听到轻微的回响；桌椅七零八落，玻璃杯也摔碎了。落在后面的人想冲到前面，不时有人绊倒，扑倒在地上，每一个人都争先恐后；最后，甚至连一块阳台门玻璃也在混战中轰然解体。没有人确切地知道它在哪里，也不知道它在干什么，根本没有人想停下来弄清楚这些。

琪琪疯狂地叫喊着，使出浑身解数还是无法摆脱目前的困境。她背贴着地，但人仍坐在椅子里，于是双腿便无力地伸向空中。突然她瞥见的景象令她胆战心惊——一个愤怒的黑脑袋逼近了她，耳朵又尖又短，口鼻处的套子还在，但根本不足以阻挡它那尖锐的牙齿。

这时候做什么都已经无济于事了。一个厚重的蓝色防碎苏打水瓶，不知从哪张桌子滚了过来。她一把抓了起来，抱在胸前，闭上眼睛，深吸一口气，随后疯狂地胡乱挥舞着瓶子。不知是她这样的举动救了她，还是这头受惊发狂的野兽无意攻击，一心只想寻求逃路，总之，这是一个悬而未决的问题，之后也没有令人满意的说法。

时间一点点过去了，琪琪仍然紧闭双眼，不想目睹她无法逃避的厄运，苏打水气量减少的危机。突然，几只手将她吊起，扶她站好。最惊心动魄的时刻一过，这些人便赶过去救她。

"它去哪儿了？"她浑身战栗，睁开眼睛，茫然地看着周围的一片狼藉。

尖厉刺耳的急刹车声在马路中间响起。有人抬手指了指。只见那黑豹奇迹般地应付了黄昏时分繁忙的交通，安然无恙地到达了对面。琪琪望过去，正好看到它奔跑的黑影，穿过马路，随即转进一个极狭长的小巷子，消失在黑暗里。称这巷子为建筑物上的一道裂缝也不为过，它一直通到阿拉美达另一边。

"这可怎么找回来呀，小姐？"有人愣头愣脑地一边问，一边用帽子给她扇风。此时，琪琪的嘴角渐渐浮现出平日的神情。

她双手猛地一甩，带着满面泪痕，歇斯底里地尖叫起来："我不想要它回来！能不能找到，我才不在乎！看看我的样子！"她抓着自己披散在肩膀上的头发，显得十分无助。"扶我回车里，"她抽噎了一会儿，说道，"我想回家——"

两人搀扶着她，跟跟跄跄地来到人行道边上，她的帕卡德汽车也驶了过来。幸运的是，曼宁已经不在里面了，他跳出来追豹子了，围观群众里有几个胆大的也跟着去了。

琪琪瘫坐在后座上，用手绢遮着口鼻，轻轻抽泣，或者至少是看上去像在抽泣。这一次，不带任何表演的成分。她的神经刚刚经受了严重的打击，令她难辨戏里戏外。

似乎嫌这起灾难性事故不够完整，一大群之前躲到狼藉一片的餐厅后面的群众，都向她投来不友好的眼神，因为她毁了他们的开胃酒时间，她要为此负责。她能清楚地听到嘶嘶声和嘘声。当一群拉美人向你发出嘘声，就好似北方人向你扔砖头和臭鸡蛋。

这一位衣冠不整、花容失色的女士就这样被赶出了这里，名誉扫地，一败涂地。

几十个人都清楚地看见它进了另一边那条巷子。这一点毫无疑问。这是一场小巷里的追逐，蜿蜒曲折，穿过废弃的建筑物。这里属旧城区部分，所有的大城市都有一些旧城遗址，散布四处，与其邻近区域时尚、现代的建筑形成鲜明对比。

接下来的事情很简单，就是跟着它的路线来到另一边，追上它；如果无法抓住它，就设法将它控制住，等待警察到达；如果都做不到，至少让它保持在视野中。

可事情并不像想象的那么简单。

此时虽是黄昏，能见度倒算尚可，只是天空已呈暗蓝色。要穿越的距离不长。不仅如此，原本一直在环球餐厅围着琪琪的那群人中，不乏具有冒险精神的人，曼宁跑在最前面，这些人在后面紧紧追随。

然而，它已经脱离了视线，为暮色所吞没，消失在那短短的小巷之中，在建筑最密集、人口最稠密的城市地区！人群继续前行，曼宁仍然冲在最前面，眼前一下子豁然开朗，那是先烈广场。巷子的另一端连着这个棕榈树环绕的小广场。眼前的景象令人群大跌眼镜：没有任何恐惧或激动的样子，虽然这有时也会发生。广场上挤满了人，但没有一个人看起来或听上去有任何不对劲的，更不用说一头浑身漆黑的豹子从一个巷子口一头冲进他们中间了。距巷子口不足一米距离的转角处，一个擦皮鞋的男孩跪在地上，正卖力地为他的客户擦着抬起的那只脚上的鞋子。这么近的距离，它飞奔而过的风也能将两人刮倒。"有没有看到一头黑豹经过？""什么都没有。"他们两人都惊讶地回答，然后，不确定他们有没有听错，茫然地重复道，"一头什么？"心里认定曼宁和其他人都是疯子。

再往前走不远处，一小群人挤在一起，满怀希望地检视着抽奖名单。嘈杂的电车忙着运送乘客，不论白天还是晚上，广场上总是车来车往，车顶上方的集电杆不时发出绿松石般的电光。

这就是它一直以来原本的样子。

后面陆续有人从阿拉美达那边涌过来，小巷变得水泄不通。曼宁和冲在前面的几位开始折返，一边费力地在人群中奋力前行，一边告诉其他人黑豹并未从巷子里出去。

终于有三名宪兵赶来了，他们一来便指手画脚，哨声不断，一副全权负责的样子。这样一来这场追逐便由官方接手，或者更准确地应称之为麻烦，因为追逐至少要追赶前面的某样东西。他们解释说之所以这么晚才到，是因为接到报警之初，他们根本不相信会发生这样的事情。持枪抢劫，有可能！持刀行凶，也有可能！可怎么会有一头豹子在街上乱跑？这里可是雷阿尔城。回去睡一觉就没事了，否则就把你逮捕。

曼宁并没有关注宪兵的所作所为，而是奋力穿过人群回到阿拉美达那边，四处张望，在人群中寻找他前一天从其手中借"那东西"的那个人，那个名叫卡多佐的农场工头。他们之前约好等琪琪带着豹子出场结束后，在街角隐蔽处直接把它放在车上带走。

没一会儿，他便来到那个街角。很显然消息传得更快，他刚到那便发现了这一点。

"它跑了，"曼宁气喘吁吁地说，"它挣脱了，还差一点咬死琪琪！那边那群人就是在搜寻它。"

"我知道，有人告诉我了，"卡多佐很不高兴，"一定有人做了什么，刺激到它了。早和你说过，别让它在外面待太久。记得你说过她带它外出这段时间，你会一直陪在左右的。"他一副忿忿的样子，明显与那豹子的情谊匪浅。

"我当时距它不过两辆车的距离，"曼宁的火气也上来了，"即便那样，我也来不及上前阻止。眼看着它跃过琪琪的身体，还好她抓到一个苏打水瓶，瓶子里的水喷到了那畜牲，才保住了性命。我记得你说它很温顺，不会伤人，根本不用担心的！要是它对琪琪挥爪就更好了，是吗？"

"在农场的时候，它一直非常温顺。厨子的孩子以前经常跑来和它玩，一玩就是好几个小时。"

"什么时候？两个月前吗？"曼宁刻薄地说，"它可能是长大了。它一定是今晚一下子成年了！"他不想继续争吵下去了，事情已经发生了，就如泼出去的水，收不回了。"算了，站这儿争论也于事无补。我来找你，是想着你能帮忙把它找回来。"

"我的后备厢里有一些绳索，本来打算带它回去时用的，"卡多佐顺势说，"我去拿，或许能派上用场。"

"它就在那里消失的，"两人走回人群骚动的地方，曼宁说道，"你觉得它会跑去哪儿呢？"

"这只有豹子知道。"农场工头冷冷地答道。

他们返回事发地点，刚才的混乱局面已基本恢复正常秩序，变得井井有条了。可正常秩序并不包括那头豹子。刚才的三名宪兵增加到了五名，一转眼工夫，这个数目又增加到了七名。再后来，一名警察中尉过来接手了这条街的"狩猎活动"。随后，甚至连城市消防车都出现了，只是因为它的高能探照灯的光束是所有设备中最强大的，可以穿透整条小巷，让人们看清方位。不过这个探照灯带有淡淡的蓝色，使这个本来就怪异的事件显得更为诡异。最后——的确是最后的招数，不过也没持续多久——动物园园长也被请来了，希望他能给予技术指导，提出建议。他应该是这方面的专家。

先做明眼人都知道该做的事情。为了疏散巷子里的人群，警察们挥舞着警棍,不停地警告着:"请退后,这里很危险,不宜逗留。黑豹有可能在你最意想不到的时候跳出来,攻击你。"大部分人一听便纷纷离开。经过一阵忙乱,巷子终于空无一人了。警察在巷子两头拉起绳索,防止黑豹跑掉。接下来就是对这巷子沿线的居民发布疏散公告,挨家挨户搜索迫在眉睫。这一次也同样,只需一次公告便达到了目的。

警察中尉对登记的人一一进行询问,没有什么线索。没有一个人说看见黑豹的。它就这么一闪而过,他们根本来不及赶到窗前。而且他们都是因为外面人群的喧哗声才走到窗前张望的,豹子并没有发出任何声响。有那么两三个人说他们远远望见豹子,可他们并不清楚那是什么东西,只当是一只大黑狗。即使那些当时在巷子里的人,也没有提供任何有帮助的信息。他们都是一样的说法:"是的,我看见那东西朝我跑来。看见跟在它后面拼命叫喊的人群,我就知道事情不妙。它跑去哪儿了?你觉得我会等在那里看它往哪边跑吗?我一下子躲进最近的院子,随手将门紧紧地关上。等我再次探出头张望时,它已经不知所踪。"

最后,眼看全部居民就快询问完了,一个十多岁的小女孩说她看见了豹子。当时人们都以为可以知道豹子的去向了。小女孩得意地说她隔着窗子看见了那头黑豹,而且看到那头黑豹前,她已经趴在窗口向外张望了很久。"我看见一只又大又黑的东西从那边一直走到了我们街上。"

人群一下子围了过来，个个紧张地问着："它去哪儿了？它藏哪里去了？"

"我不知道，我跑去里屋喊我哥哥来看。可等我们再次跑回来，它已经不见了。"

人群再一次一哄而散。

只能挨家挨户地搜寻了，负责的中尉做出决定。唯一可能的猜测是它发现某扇开着的门，或在这片霉迹斑斑的墙上发现某个缺口、缝隙之类的地方，便悄悄躲了进去。现在它可能正藏匿在某个阴暗的屋子或地下室里，或者正躲在某个废弃的烟道里，又或者在台阶下的某个隐蔽之处。总之那藏身之处没有半点灯光。它就潜伏在那里伺机攻击。

搜寻工作从阿拉美达这头开始，当时时间将近八点。等到搜寻小队两手空空地从最后一间房子里出来，出现在先烈广场一侧时，已经临近午夜。搜寻工作和之前的追赶一样一无所获。即便如此，搜寻工作做得还是很彻底的。每一间屋子，他们从下到上，再从上到下仔仔细细搜查一番，每一角落都用手电筒照照，每处墙壁也会敲打敲打，每个箱子、盒子甚至连垃圾堆也会戳一戳。他们有的举着左轮手枪，有的紧握着短棍，一旦黑豹现身，随时准备应对。可黑豹始终没有现身。

警戒绳两边的围观人群密切关注着巷子里的动静，在消防车大灯的照射下，巷子笼罩着幽幽的蓝光。每次搜索小队进入房子，人们都会屏气凝神，通过窗户透出火把闪烁的亮光来判断搜寻工作的进展。等搜索队再次出现，向长官汇报说："没有发现。"人群中传出明显的呼了一口气的声音，搜索队又接着进入下一间屋子。一次次搜索无果，到最后，这一夸张的效果也渐渐减弱了。

不时有人离开去做自己的事情，时间也越来越晚。这时只听一位外圈的围观者半开玩笑地说："它可能跳上一辆没关后车门的马车或汽车，驾车人没注意就关上门开走了。就这样不知不觉之间，它便被带离了这片区域。"这一说法唯一的问题是，当时小巷中并没有这样一辆运输工具。大家确信这一点是因为这条巷子太狭窄，只够一辆手推车通过。还有人说黑豹乘热气球上天了，对此人们一笑置之。坚守到最后的围观群众没等到他们原本期待的那激动人心的时刻，各种猜测、怀疑开始滋生。"它可能跑进教堂里去祷告了！"有人用手作喇叭状，冲着巷子那头喊。

他所说的教堂就是指那座位于一条死巷尽头的小教堂，在靠近先烈广场那边。这条小巷虽然不长，但七拐八扭。其中一处拐角，有两条岔路。其中一条没多远就到了尽头，正是那座小教堂的所在地——圣苏尔比西奥教堂，始建于殖民时代。换句话说，它距离小巷只有几米的距离，就仿佛是路边上嵌入的东西，或者说是路旁的壁龛。

这座教堂似乎是黑豹最不可能藏匿的地方。首先这里荒废多年，不知何年何月的地震已令它遍体鳞伤。然而，它那结实的红花心木大门仍完好无损；搜索人员花了足有一个半小时才靠撬棍和凿子强行把门打开。在附近居民的记忆里，这扇大门从来没打开过。推开大门，搜索人员只在里面看到一些残破腐朽的靠背长凳，地上散落着一些石膏碎片，屋顶已不知去向，抬头便可与繁星对视。黑豹肯定不可能来这儿，即使来了，也会从这四四方方的石房子离开，这地方什么也没有。

搜索人员退了出来，他们拍打着衣袖上的尘土，又是咳嗽又是喷嚏，其中一位成员处理着手背上蝎子的蜇伤。

没一会儿，搜索小队便到达了先烈广场，至此搜寻工作也就结束了。

那些渴望得到轰动消息的无聊群众也很快四散离开了。凌晨十二点的钟声从附近的钟楼不断传来。消防探照灯骤然熄灭，消防车也驶离了该地，警戒线拆除了。居民们也可以各自回家了。随后，油灯、煤油灯、蜡烛的灯光在这片似烟熏过的建筑群中四处闪烁起来。有些人三五成群地聚在门前，继续聊着这个话题。不一会儿，这些人也散了，纷纷回家睡觉去了。小巷恢复了以往的宁静。

警察也都撤离了，只在巷子两头各留下一位巡夜。这是出于什么目的，很难推测。

黑夜一点点过去，渐渐接近它注定的终点，夜夜如此，无一例外。

不论怎么说，目前整个事件只有一件事可以肯定：黑豹还未被捕住。也就是说，这头黑豹还藏匿在某个地方。

　　黎明到来，阳光令人振奋、充满自信；在阳光照耀下，整个事件变得别有一番景象。明媚的阳光消除了恐惧，驱散了水汽。发生如此神奇的事情，似乎有些不可思议。雷阿尔这座城市到处都是天生的怀疑论者。一大早，人们还在喝咖啡、吃甜面包的时候，一个消息便在全城传开了：这整个事件就是沃克和她的媒体策划人合谋的一起公众骗局。就像女演员常常会以珠宝丢失为噱头一样。虽然这种说法并未提及那头四足动物，但丝毫没有影响大众对它的认可。于是口口相传，一下子便成了满城皆知的消息。甚至连那些前一晚早早紧锁大门、紧张地躲在床下偷窥的人，这时也急忙站出来说："我一直这么觉得，你们也不相信会发生这种事，对吗？"被问及的人一定会不屑地回答："当然不信了，我哪有那么傻。"虽然有十几个目击者，但流言传播迅速，明显占了上风。那些目睹了整个事件的人们还算清醒，竭力坚持他们亲眼所见，可时间一长他们也不禁暗自嘀咕，自己到底看到了什么。

　　报纸，作为公众观点的晴雨表，也为这一说法的传播推波助澜。每家报纸都刊登了与此相关的内容，只是语气幽默，开着玩笑。"大豹恐""谁抓了沃克小姐的豹子？请归还，好吗？"看看这些标题，全城的人打招呼也会诙谐地说："哎，看见豹子了吗？"

　　警方对此不置一词，甚至有些希望看到这种结果。至少这省去了他们一天接到十几个假报警的烦恼。这样一来，没人再来报警。

当然警方并没有完全停止搜寻，这头豹子肯定是要找的。只是搜寻变得漫无目标，街上的人很难说清他们当时在干什么，因为警方的关注点已不仅限于那条巷子。

由于这件事，曼宁度过了非常糟糕的二十四小时。事件发生的头一晚，他是在牢里度过的，控告他违反了某条老旧的城市法规：未经允许携带野生动物上街。一大早又要出庭，为他的不良行为接受一上午的教化。之后，象征性地罚了一笔罚金后，便把他释放了。可更糟糕的是，他也被琪琪·沃克解雇了。

事情发生的第二天晚上，曼宁去见琪琪，可她紧锁大门，只通过门上的气窗，明白无误地通知他被解雇了。她的声音十分响亮，事实上，响亮的程度使整条走廊的房客都开门好奇地张望。

"出了这种事，你还敢跑到我这来！你知道吗？你让我成了全城的笑柄！你滚吧！带着你那些好点子滚吧！"

"你看，琪儿，发生这种事也不是我有意安排的，对吧？"他想尽办法和她理论。

"是你找报社的人拍照的！"琪琪愤怒地说，"平躺在地上，两脚朝天，两腿之间是一股喷射的苏打水！下周剧场的幕布拉开，每个人眼前都会浮现这一幕，根本不会在意我到底在演什么！我只有被轰下台的份儿！"

"等你平静下来，我再来吧，"曼宁顽固地坚持着，"你没必要把事情搞成这样，现在这里每位房客都探头看我的笑话。"

"那我呢？出现在阿拉美达，全城的人都在看我笑话！"

"算了，我明天再来吧。"曼宁说道，尽力想要维持住两个人之间的关系，尽管这关系已经跌到谷底。毕竟这是他维持生计的唯一手段。

"我不会再见你的！"

曼宁可能没意识到，就连琪琪本人也没意识到，她这次爆发并不是源于黑豹事件，根源是他们两个人的首次相遇。曼宁见过她落魄的样子，她最不走运、连一杯咖啡也买不起的时刻，这是她绝不能容忍的。"这是你的工资。没有什么需要你再回来的理由了。我们结束了！"

只见一个手持大圆盘连同雷阿尔比索从开着的气窗扔了出去，银币在走廊上滚得到处都是。有一两位站在门口的房客用脚帮他拦住几个滚动的银币。纸币在空中飞舞，慢慢落下。

曼宁将它们一一捡起，一个都没有落下。他辛苦工作就为挣点儿钱，为了这些钱他收起脾气，绞尽脑汁。他需要钱，但他不知道以后钱从哪来。

"好吧，琪琪，"他伤心地说，"你既然这么决定，那就祝你好运吧。"

气窗的玻璃"啪"的一声关上了。曼宁竖起大衣衣领，双手插进口袋，拖着沉重的脚步，悲伤地离开了这里。

通常，一个男人丢了工作，首先想到就是去喝一杯，暂时忘却烦恼。曼宁现在就是这样，可是他发现自己甚至都不能安静地喝杯酒，忘记这该死的事情。

从琪琪住的饭店出来，没走几个街区，他便进了家酒吧。

"你好，"酒保开口说道，脸上挂着笑容，语气诙谐地问，"你见到那头豹子了吗？"

曼宁突然放下手中的酒杯，好像这酒恶心到了他一般。他厌恶地看了酒保一眼，好像他也令人作呕。接着，"啪"的一声放下一枚硬币，一句话也没说，转身离开这里，去了另一家酒吧。

在那儿，他又点了杯酒，酒保为了和他套近乎，轻松地问道："有豹子的最新消息吗？"

曼宁再次放下酒杯，皱起眉头，离开了那里。

在第三家酒吧，曼宁给了酒保一拳。"我要两样东西，"他忿忿地说，"第一，一杯加水威士忌；第二，不要再提任何和豹子有关的事情。尽量不要提它，你能做到吗？我过来就是为忘记这件事。"他在空中画了一条想象出来的线，正好贯穿他的整张脸，"结束了，一切都结束了。"

但这一切并没有结束。

夜幕笼罩着雷阿尔城，整座城市仿佛屏住了呼吸。这里有七十五万居民，而在城里某处，一个细长的身影正悄无声息地游走着，尖尖的兽牙对准了那些不幸走近的人们。

特蕾莎·德尔加多

德尔加多夫人家里锈迹斑斑的笤帚把儿似乎也无法让她的大女儿听话了,这已经是她使出的最后招数了。平日里,只要她伸手抓笤帚,女儿便立即跑向门口。但今晚却不是这样。于是,她抓起笤帚,挥了挥,可这样仍不奏效。最后,她不得已,只好抽打这倔强丫头的小腿,赶着她走。即使这样,也并没有完全奏效。这丫头敏捷地左一躲右一闪,但脚步却不怎么挪动。就这样,她母亲大部分的抽打都打在墙上。

"去跑个腿",这事一向都没人乐意去,能拖就拖,争吵不休。可今晚还不止这些。今晚完全陷入僵局,女孩一副被动抵抗的样子。

这情景以前可没遇到过。女孩似乎害怕什么，胜过挨母亲的抽打，就是不肯出门。

她蹲在墙边，左右挪动躲闪着笤帚把，但那双乌黑明亮的大眼睛一直可怜巴巴地望着母亲。

她在同龄孩子中算是长得高的，是她们家里长得最快的，虽然还只是个小女孩，身高已和成人一般无二。她差不多十七八岁，又或者十六岁，他们家人对年龄记得不是很清楚。她的肤色是淡淡的小麦色，随着年龄增长，或许会加深一些。她围上头巾——这是拉丁美洲底层女孩和妇女盖在头上的一种奇怪装扮，作为要出门的打扮，但除了这一点，她似乎一点儿也不想出门，或者说不敢出门。

母亲握着笤帚走向她，尖声斥责道："都问了你三遍了！你去不去？"她喘了口气，"你看看城里还有哪家孩子这么不听父母的话？特蕾莎，你能不惹我生气吗？今晚你是怎么了？让你去商店买点木炭，爸爸辛苦一天，回来有口热饭吃，这要求不过分吧？你一开始就出门的话，这会儿早就买回来了，跑两遍都够了！"

"母亲，"女孩哀求道，"为什么不能换佩德罗去？我在洗衣店工作一天，很累了。"

"佩德罗信不过，你知道的。他一边走，一边抛硬币，肯定会把钱弄丢的。"

"那你就不能用木条或纸张应急，等明天再买吗？为什么一定要我现在去？"

"纸和炭一样吗？它能烧多久？火苗一闪就没了！"她突然想到了什么，放下笤帚，步履蹒跚地朝土褐色的火炉走去，她刚才一直在那里忙活。她把一个陶罐端到一边，抓起一把芭蕉扇，冲着炉火猛扇。炉火渐渐从下面露出一些暗淡的红色。"看见了吧？"她又开始责备，"火都要熄了！如果这回再熄灭了——"

她又冲回来抓起笤帚。既然其他手段都不起作用，这次她准备使出最后一招：抽打肩膀。这一下，女孩终于让步了，走到门口，但在那里徘徊不前，似乎期待最后一刻能发生奇迹，拯救她。

前面提到的佩德罗是一个九、十岁的小男孩，这会儿他终于抬起一直埋在碗里的头，嘲弄地说："我知道她怕什么，她害怕那头豹子。"

女孩望了他一眼，那眼神分明是认可他所说的。既然有人提到这件事了，她也不再隐瞒，恳求她母亲："听说那豹子就在城里的什么地方。一位有钱的夫人用绳子牵着它，结果它跑掉了，到现在还没找到。我今天在洗衣店听其他女孩说的。"

德尔加多夫人暂时放下了笤帚："豹子？那是什么？山里的野兽吗？"

"很大，会冲人扑上来。"小人精佩德罗说道，还挑衅地看向他姐姐。

德尔加多夫人没听到任何这种消息。她太忙了，没有时间去关心日常工作和生活之外的任何事物,这些对她来说,都是无关紧要的。"以前去商店的时候,遇到过那东西吗?"她大声问。

女孩语塞,默默摇了摇头。

"那这次也不会遇上!好了,去吧!去做你该做的!"她又甩了一下笤帚,女孩终于出门了,但她一直回头看着,黑溜溜的大眼睛水汪汪的,满是乞求,一点儿也不想离开。

德尔加多夫人怒气冲冲地放下笤帚,回去干家务了,一边咒骂,一边摇着头。可没一会儿,门悄悄地推开个缝,原来女孩试图趁她不注意偷偷溜进来。

德尔加多夫人正好回头看到这一幕,便冲了过去,可还没等她走到门口,女孩赶忙把门关上,退回了门外。

为了保险起见,德尔加多夫人想到用中间的门闩把门拴上,这可花了她好一番气力。门闩长久不用,全都生了锈。他们家似乎从来不闩门,家里也没什么值钱的东西。随着她的动作,门闩上铁锈一片片往下掉,最后她使出全身的力气才把门拴上。

她拍了拍手上的灰,虽然看不到人,但还是冲着这道木头屏障说道:"做好吩咐你做的事,否则不准回家!没带木炭回来就别想进这门!"

女孩在门外的屋檐下站着,扯了扯头巾,护住嘴巴,防止吸入夜晚的空气。人们都说这时候的空气有害,所以她尽力防止这样的空气进入她的鼻孔和呼吸道。只有那些从美国和其他地方来的人才敢呼吸这时候的空气。她警惕地看了看巷子两头。其中一头，远远地，有一个人孤零零的身影映在昏暗的路灯下。可她要去的是另一头，那里一个人也没有，连个鬼影也看不到。这时辰，人们早都回家了。这一带住的人工作都很辛苦。晚上外面的夜生活是属于有钱人的。只有在宗教节日时，这里的夜晚才会是另一幅景象；又或者作为一家之主，也完全可以去酒馆待上几个钟头，这就是另一回事了。可现在，街上空无一人。这种时候，人们都选择待在自己家里。

还好，这段路程并不远。买不到木炭，她就进不了家门，因此越快解决越好。她鼓足勇气从门口大踏步地出发了，双手在头巾下紧紧抱在胸前，一双眼睛从头巾留出的空隙处警惕地向四周张望着。

转过转角，巷子在这里与另一条路会合。有一阵子，她似乎看到路前方商店里发出的昏黄的微弱灯光。这条路一路下坡，她就这样一个人走着。这整个区域都建在一个坡地上，一直延续到一个干涸的河床。

她终于看到商店了，似乎它一直在等待着她。可是，那里已经关门了，考尔德伦老夫人已经关店了。这里没有钟点的概念，事实上，考尔德伦老夫人不认识钟表，其他人也不认钟。只要有顾客说今晚不会再有人来了，而接下来一段时间果然没有人来，她便关店了。因此，她可能有一晚十点关门，有一晚十一点关门，又有一晚可能九点便关门了。

女孩喊了一声,想留住老夫人等她,随即撒开腿向那里飞奔过去。但她还是晚了一步,门已经从里面上锁了。这里存放有很多贵重物品,像糖、蜡烛、鹰嘴豆等等,因此这里晚上会上锁。

她把脸贴在门旁边展示窗的玻璃上,隐约可以看到帘子后面透出微弱的烛光。前面的店铺部分使用电力照明,后面的生活区域则使用蜡烛,在这里是很自然的事情,根本没什么可惊奇的。她拍打着窗户,希望有人能听到。

有人掀起帘子,考尔德伦老夫人出现在帘子下。看样子她已经准备休息了:她光着双脚,一条银白的发辫已经散开,垂在肩膀上。

"我就买一小包木炭给我父亲热晚饭!"特蕾莎双手做喇叭状放在嘴巴前,隔着玻璃大声喊道。

这位店主一边摇摇头,示意她离开,一边继续拆着她的发辫:"明天再来!"

"耽误不了你几分钟。说话的工夫就把炭称好了!"她举了举手里的钱币。

"可我还要开锁、开灯,还要去袋子里舀炭。太麻烦了!关门了就是关门了!"帘子再次放下,将她拒于门外。

女孩十分沮丧,只好转身离开。现在她要么两手空空地回去,要么就要走去另一家店。那家店还要走很远,位于高架的另一边,但已经是距离这里最近的一家店了。所谓高架其实就是一些石墩子架起的一条大路，跨过原本的河床。在四下无人的时候穿过这高架，总是让她有一种毛骨悚然的感觉（不是因为今天的传言）。

可如果买不到木炭，母亲一定不会让她进门的。就算让她进门了，也一定不会相信店子关门了，肯定还要再打她一顿。

肉体的疼痛，那是实实在在的感受，即便程度不高，也胜过想象的害怕。于是，女孩没有选择回家，而是不情愿地朝坡道下的高架路走去。

来到高架前，她停下来，深吸一口气，尽量在肺中储存足够的空气，让她能一口气穿到另一边。高架下黑漆漆的，似乎没有尽头。倾斜的坡度刚好挡住了远处街灯的光线，只有进口处有微弱的光线透进来。大家都觉得通道中至少应该挂一盏灯，或者在进口两端各装一盏灯。当然，人们也这样做了，而且还不止一次。但总有小孩白天在此处玩耍，灯装上没一两天，便被打碎了。反复几次后，便无人问津了。

高架下面的通道里漆黑一片，看不到头，但刚一进去脚步声便在里面产生回声，两侧的石壁令这回声听起来有些沉闷，同时伴有阵阵陈腐的气味。大约一年前，有人死在这通道里，身上插了把匕首，口袋里还装着一把匕首。不过，女孩现在不愿去想这些，没时间回想这些。

一进通道，她便不自觉地加快了脚步，又大又亮的双眸一定睁得很大，只是在黑暗中看不到罢了。谢天谢地，这通道并不长，只和上方主干道的宽度一致。这会儿她已经走过一半的距离了。由于上方的石壁会把声音反弹下来，她的脚步便发出"咚嗒、咚嗒、咚嗒"的声响，好像葫芦掉在地上的声音。

终于，她看到另一头的出口了，就要穿出去了。于是，她喘了口气。这一喘气，她才突然反应过来她还没走出去。前面一样黑漆漆的，一点儿也不比现在明亮，依旧是深蓝或深灰色混杂着黑色，一点儿没变。渐渐地，她重重的脚步引起的回声减弱了，空气也不再那么陈腐而让人无法呼吸了。这些都在告诉她：出口就要到了，只是还没有看到。

正当她加快脚步，走向出口时，她不经意地向旁边瞥了一眼。出于某种原因，其实也不知为什么，虽然什么也没看见，但就是有什么东西吸引了她的目光。她突然感觉喉咙发紧，呼吸困难。那是什么？那边的石壁上一定是湿的，石块接缝处应该有水渗出，因为她看到了一些反光，斑驳闪烁，就像从通道口照射进来的光线。

但是通道外什么光也没有，而且也没有什么光能从那么远照射进来，在石壁上形成闪亮的反光。而这反光既没有在平面上扩散，也没有跟着水流痕迹向下延续。所以如果是水，一定是两滴水滴，一边一滴。那两滴水滴是细长的，仿佛两道裂隙；杆形的，就像透过显微镜观察到的杆状细菌的样子。那两颗水滴看上去晃晃悠悠，就仿佛石壁上有热气袅袅升起；它们射出的黄色光芒好似燃烧的硫黄；距离她不算远，但也不是附在漆黑的石壁上，说不清楚像什么。那是一种散漫、浮在空气中的闪光，如果不是四周太黑，她的眼睛对光特别敏感，也许她根本不会注意到这闪光。

这不会是眼睛吧——会是什么东西的眼睛呢？像这样始终保持两道光，位置一点儿没有变化，就那么直勾勾地盯着，令人毛骨悚然，胆战心惊——当然不会是眼睛。怎么可能是眼睛呢？这里怎么会出现一双眼睛？而且，会是什么东西的眼睛，又会——总之，说不是眼睛，就不是！那只是石壁上两块不平整的凸起，因为渗水，发出的反光。

她的脚步机械地向前移动，那两道闪光也渐渐转到她身后去了。她此时就像一名机械执行长官命令的士兵，对外界变化已视若无睹，只知道向前迈步。那发光处退出她的视野了，但她不敢扭头，担心自己好不容易编造出的解释，只因为回头一瞥，瞬间变得支离破碎。

又走几步，夜晚的天空便再次出现在她的头顶。看，有颗星星，又有一颗。啊，夜晚的天空可真美呀！无边无际，任人遨游。旷野虽然也是漆黑一片，但不像通道里那样伸手不见五指，天际之处还带有一层色彩，好似被烟熏黑的白色，渐变成绿色，最后融入一片深蓝之中。刚才沉重的踏步，这一会儿也变成了轻快的小跑，头巾的一角在她身后飞扬着。

她终于又再次停下了脚步，店子白色的身影出现在了前面转角处。这家店正面屋檐上糊的纸已经陈旧不堪，风吹雨打已使它变得不再挺括，原先染上去的颜色也褪成一道一道，而那些流下来的颜料在泥墙上留下一条条印迹。但此时此刻，在特蕾莎眼里，这里的一切都是那么美好。她推门进去，门上铃铛丁零作响，这声响也是那么悦耳。这地方充斥着麻头、绳索和煤油的气味，但此时闻起来却令人身心愉悦。

店主老巴斯克从里面走了出来，咂巴着嘴，咽干净嘴里的晚饭，头上依旧戴着贝雷帽，就连吃饭也没有摘掉。他一眼便认出了女孩。"嗨，特蕾莎。"他摇了摇头，"你家人不该让你这么晚一个人出门的，孩子！"

现在她安全了，胆量又回来了。她可不打算承认自己刚才有多害怕，她几个手指轮换敲击着柜台边缘处。"能有什么事呢？这里可是雷阿尔城。"

"很多事情都可能。"老巴斯克高深莫测地答道。说的是什么，两人都没有说破，也没有说破的必要。这么看，老巴斯克也听说那件事情了。女孩知道他指的是什么。而老巴斯克也看出女孩对此心知肚明。

女孩尽力拖延付钱过程各个细节的时间，因为只要没付好钱，她就是安全的，可以享受光亮，还有另一个人的陪伴。而付好钱之后，她又要孤身一人面对黑暗和恐惧。

"是这样拿吗？"

"是的，竖直向上拿着，把两个角握住。"

"哎呀，好漂亮的一只猫！"

"你见过的，不记得了吗？就是我一直养的那只。"

"对呀，是这只。好像是见过。"她把钱放在柜台上，眼睛迅速瞟了一下身后的店门。

"这钱不够，木炭涨价了。"

"我下次带给你。能相信我吗？我住在迪亚博罗巷，高架的另一边。"

"别担心，下次带给我吧。"穷人不会欺骗穷人，而他们都是穷苦人。

"好的。那晚安吧，先生。"这句话似乎令她很痛苦，迟迟说不出口。

"晚安，特蕾莎。最好赶紧回家，别在路上逗留！"

门上铃铛声再次响起，女孩又一次身处黑暗之中，此时这铃声是多么悲伤、凄凉，似乎在道着永别。

身后地上的明亮区域随着关门也慢慢向一边关闭，接着又在另一边展开，原来这是个旋转门。女孩走到巷子尽头，这里可以看到通道黑色的拱顶了。她突然加快了脚步，越走越快——向着通道奔去。是的，是奔向那里。她只是想早点到达那里，好早点穿到另一边。她给自己的解释是：父亲可能已经到家了，她不快点带木炭回去的话，又要挨一顿扫帚了。但她心里清楚这根本不是真正的理由。

她其实也可以走另一条路，从高架上翻过去。有个地方砌有台阶，可以上到高架上面，但要多走一个街区才能到那里；而且翻过了高架之后，又要走同样距离的路程回到这条路上。唉，算了，反正这里她都走过几十回了，再走一次又有何妨，刚才她就安然无恙地穿过来了，现在再穿回去，应该也不会怎么样。

她尽力克制着自己的恐惧，不知不觉，通道便近在眼前了。高架像一面峭壁一般，逐渐遮住了夜空，吞噬掉星辰。高架上的路灯发出幽幽蓝光，汽车从上面呼啸而过，却对下面阴暗洞穴中的恐怖惊险一无所知。这正是城市的特点，一排又一排的房子螺旋而上，但相互之间却十分陌生。

通道口到了。那椭圆形的石洞——半椭圆形，更准确一些——就在她上方，像把长镰刀一样，悬在她头顶。她的脚步声又一次引发空洞的回声。渐渐地，离之前那个闪光的地方越来越近了，她不打算往那边看，她竭力说服自己相信那里什么也没有，不会看到任何东西。她暗暗下定决心。"只要我不看，"她心里默念，"我就不会看到，也不会再次被吓到。或许这次那里什么也没有，只是我想多了。"但其实真正的原因是她害怕会再一次看到那东西。

可那地方差不多就在前方了，很难不进入她的视野。于是她硬是把头扭向另一边，继续向前走。在这吞噬一切的黑暗中，她很难确定之前那个地方具体在什么位置。这里几乎伸手不见五指，她只能凭借距离入口处的远近大概判断一下位置，应该很接近那里了,也就大约十五到二十步的距离了吧。只有十五到二十步的距离了!

她的脖子僵硬地转向另一边,她尽力保持这个姿势。可是把头扭向一边,同时又要保持向前的方向,真的很困难。稍不留神,头便又转回来了。为了不去想那个地方,女孩开始背诵乘法口诀表。

她没读过几年书,十二三岁便到洗衣房做工了。可她还是会认、会写一些字的。只要不是复杂的生僻字,她基本上都认得。她也会一些简单的算术,二十以内的四则运算,她都会。随着乘法口诀表的节奏,她的呼吸渐渐平复下来:"三一得三,三二得六,三三得……"

现在,那地方一定已经被她甩在身后了。瞧,多容易!瞧,这么做,多么明智!她慢慢转回头,恢复正常走路姿势。前面什么也没有,两侧也什么都没有。除了无边的黑暗,什么也没有,既没有绿莹莹的光,也没有闪烁。身后呢?嗯——最好还是不要看了,不要管身后了。还有几步就可以走出通道了,这令她稍稍恢复了一些胆量,接下来便只需爬上坡路,顺着小巷往上走,就回到家门口了。但糟糕……

不知为什么,她的心脏突然抽搐了一下,仿佛它比耳朵的听力更好,听到了什么声响,漏跳了一两下,又或者几下并作一下跳了。她再次感到喉咙发紧,和刚才的感觉一模一样。只有脚还在向前迈步,机械地履行它的职责。

身后似有似无的轻微"拍击"声不是她发出来的,也不是她发出响声的回声或变声。那声响和其他声音完全不同,和她没有任何联系。这一点她十分肯定。无论什么时候,一个人总能准确无误地辨认出自己制造出的声响。那声音不是鞋子的声音,也不是任何钉掌的蹄类发出的声音,更像是轻拍声或光脚踩在地面上的声音;像是最轻柔的拍击声混杂着树叶摩擦的窸窣声。十分轻微,不易察觉,但却犹如恶魔一般,令人闻之丧胆。恐惧像充气气球一样一下子在女孩的大脑和身体里膨胀开来。

还好她一下子反应过来,握紧了袋子,否则木炭就从她手中滑落了。这时,她产生了两个完全相反的念头。她想停住脚,站定,仔细再听听,确定那声音和她发出的声响都毫无关系。与此同时,心中的恐惧却不允许她这么做。站着不动就是等死。她想扔掉手中碍事的木炭包,埋头向前冲,一直飞奔回家。但恐惧又拖住了她的腿,她只能以现在这个速度迈腿。多年的经验告诉她,想要摆脱危险,就要假装这危险对她不起作用。像刚才一样,攻击并没有发生,或者说延迟了,逃——快速逃——你这样只会更快招来危险。(逃,还是不逃?)

她像个僵硬的机器人,慢慢向前移动,完全意识不到自己的腿部运动,全凭双腿自主活动。她的耳朵变得异常灵敏,尽力捕捉那微弱的声响——声音又来了,这次在离她更近的地方。但却变得更加轻微。近乎于无的声音,似铺路石发出的轻语。如果不是她刚才听到过那声响，这次她根本不会察觉出任何声响。

她浑身一震，似乎被什么东西击中了。但这次不是听觉，而是上升到另一个感觉层面。什么东西在身后盯着她，令她浑身不自在，那目光贼溜溜的，就那样一直盯着她。那种感觉在毛孔之间蔓延开来，先是后脖子，随后传遍整个后背。她甩不掉这种感觉，也无法令它减弱。她知道那双眼睛正盯着她，那东西正一步步跟在她身后，意图不轨。

看着火钵中的炭火渐渐熄灭，特蕾莎母亲的怒火越烧越旺。眼见再怎么扇扇子也无法让炭灰再闪现一丁点儿红光，她的怒火一下子燃烧到了极点。

她俯下身去，冲着炭灰连吹几口气，想吹掉那些燃尽的炭灰，看看还有没有燃烧的火星。可是什么也没有。她每天赖以寻求存在感的炭火，就这样完全熄灭了。

她直起身，双臂绝望地拍了一下身体两侧。"灭了。"让炭火像这样熄灭，不论是谁，都是不可饶恕的。对做出这种事的女人，她知道这里的人会怎么看她，怎么说她。

"她回来之前，你就不能先用稻草吗？"角落里的小男孩建议。

"稻草！稻草是木炭吗？那能烧多久？火苗一闪就没了，还弄得一屋子烟。而且我们也没有稻草可用。"她抓起笤帚，冲着门那边，恶狠狠地挥了挥，"都怪那丫头，要是一开始她就去了，哪儿会有这事。都这么晚了，还没回来！看看，这是多磨蹭！又不知道跑哪儿去玩了！蜗牛都比她走得快！"

她轻轻将火钵上的陶锅转了一下："你父亲就要回来了，他会怎么想呢？妻子连口热饭都没准备好。真丢人！"

小男孩一声不响地望着她，双手托着下巴，痴痴地笑着。

她又挥了挥笤帚："看我怎么收拾她！我要狠狠抽她的背，把笤帚打断才好。让她疼上几天——"

突然，有什么东西撞到门上。这之前好像有一串脚步声，还没听清，便传来撞门声。一阵撕心裂肺的尖叫，像刀子般从门的各处缝隙穿透进来，接着是含糊不清的话语声，好像嘴巴被紧压在门上。"母亲，快开门！你要是爱我，就快开门！"声音一直在颤抖。

德尔加多夫人等的就是这一刻，只是和她想的有点不一样。她双臂交叉抱着身体两侧，苦涩地点着头，迟迟没有回答。"你看，她这会儿回来了，嗯？还是跑着回来的，嗯？可是太晚了，火都熄灭了，该做的都做不了！"她学着门外呜咽的声音，"'母亲，快开门。如果你爱我，就快开门！'怕黑了？还是被自己的影子吓到了？让她在外面待着。她不是喜欢外面吗？下次她就学乖了，知道要早点回家——"

这时，外面传来指甲抓门板的声响，一个近乎疯狂的声音不顾一切地叫喊着，但含糊不清，语无伦次，大概的意思是："天呀，它过来了，越来越近了。我看见它已经到墙边了。过来了，过来了——！"

小男孩打算从墙边绕到门口去，却被德尔加多夫人喝止住了。"佩德罗！离门远点！"她又模仿女孩的音调，"是的，它过来了，是吗？骗子！谎言！她觉得撒个谎就过去了。你觉得我会相信外面有什么吗？真该出现点什么，我倒希望真有个什么！这样你下次才会记住，要听母亲的——"

一声极度绝望的惨叫声响起，好似整个肺里的空气都排尽了，其他声响在这声惨叫前全都黯然失色。惨叫声响起的同时，整扇门遭受了剧烈撞击，门中间被撞得向里弯了进来。随着叫声的减弱，门硬生生又弹了回去。一切突然平静下来，没有哪个人能把门撞成那样子，这样子早就撞断几根骨头了。大门四周的缝隙随即冒出一阵尘土。

小顽童佩德罗刚刚还一脸嘲弄，幸灾乐祸，此时呼吸变得极为紧张："哎呀，妈妈！她没撒谎——"

这位母亲和男孩一样脸色大变，只见她粗短的身子早已三步并作两步冲上前去。"等着，特蕾莎，"她喘着粗气，"我来了，妈妈在这儿，我这就开门。"她有些歇斯底里地抓住门闩，"马上就好，我亲爱的宝贝，马上。妈妈在这儿，妈妈这就让你进来——"

门闩卡住了，拉不动。太久没用过了，表面已被铁锈腐蚀得粗糙不已，而且刚才那一下撞击把它撞弯了，卡死在槽里了。她拼命地拉着门闩，怎么也拉不开，绝望地转过身来，却不知该向谁求助，只好又转过身去，一只手压住门闩上方的木头，另一只手试图把门闩掰直。

"佩德罗，佩德罗，你的手指比较细。"

小男孩这时表现得很有男子气概。男人，不论多大年龄，存在的意义就是为了应对这样的情况：像这样的危难关头，或者突如其来的暴力事件。其他时候都交给女人处理。"找块石头，就能把它砸直了。妈妈，我找到了！你让开——"

屋子那头的地上有一块砖头，已经记不起为什么放在那儿。男孩抓起砖头，跑了过来。一下，两下，三下，变形的门闩终于打开了。

他们这时才意识到另一个问题，刚才的尖叫和疯狂冲撞之后，外面已经好久没有声响了。门打开了，可外面什么也没有。

愣了几秒钟，德尔加多夫人发现儿子瞪大了眼睛，盯着地面。一条红红的舌头，男孩正光着脚丫踩在一条舌头尖上，那颜色、形状、大小无疑就是一个人的舌头。只是被踩变了形，满是液体。他们眼看着那舌头渐渐变宽、变长，随着形状的变化反射出点点闪光。

母亲的尖叫卡在喉咙半天没发出来，小男孩猛地向里推开门，一下子弹起来，跳进了门里，就像被什么咬了一口一样。

门上星星点点都是红色泥点子，好像有人故意往门上投掷红泥巴，泥巴黏在门上形成一个个小土堆。泥巴中还混杂有破布和一缕缕头发，甚至还有珊瑚项链散落下的碎片。

门口一片狼藉。

曼宁是第二天在太平间见到那个小女孩的，人们一般习惯称那儿为"停尸间"。他们家人还没有来认领死者。一位名叫罗布尔斯的警察分局局长陪他一同前往。这位分局局长曾从曼宁那里弄到过几张琪琪·沃克演出的票子，欠了他人情。

"你坚持要看吗，朋友？"罗布尔斯劝告曼宁，"我倒不建议你看，除非你的心理足够强大。因为，接下来几个星期，你一闭上眼，脑海中就会浮现这景象。她家里人应该将她火化，如果没钱，有关部门也应该这么做。把这个打开。"最后这句话，他是冲着管理员说的。随后，他便站到一边，好让曼宁可以看个清楚。"很可怕吧？"

曼宁这个美国人看了看，没有任何受到惊吓的表现，只是脸色变得惨白。他点着头，像中了邪一样。

"可以了。"罗布尔斯对管理员说。他转过来，看着曼宁，开始自己的一番说教。"看看你那愚蠢的手段造成了什么结果。这可是一条人命呀。而且事情并没有结束，可能还会有人送命。那家伙还在四处游荡。"

曼宁没有回答，眼睛盯着水泥地板，脸上的神情并非懊恼，而是说不出的困惑不解。

"当然，从法律上讲，你是没有责任的，"罗布尔斯继续说着，"也就是说，你无法预见到这些，也不是你有意为之，你不会因此受牵连。但从道义上说，这都是你的错。都是因为你，这小女孩才遇害的。也正因为这一点，我才会同意你的请求，带你来这儿，亲眼看看这个女孩。这是一次教训。"

"我不是因为悔恨，才让你带我来这里的，"曼宁表现得十分平静，"更不是病态的好奇心。你理解错了。是因为——是这样，自打听到这个消息，就有一种很奇怪的感觉萦绕在我的心头，挥之不去。"

"这有什么不对吗？"罗布尔斯严肃地说。

"不是，你还是没明白。"曼宁一只手插进头发里，"你怎么能肯定这就是你所说的'那家伙'干的？"

罗布尔斯诧异地盯着曼宁，随后满是鄙夷地说："你想说什么？不是它干的？你刚刚亲眼所见。除了那个魔鬼，还有什么东西有这样的爪子，具有这样的破坏力？她都要被撕成碎条了！不可能，我想不出还有什么东西，不可能！我可以带你去见鉴证人员，你可以问问他们。在她的尸体上，还找到了那家伙身上脱落的细绒毛。这些现在都是我们留存的证据。你还想知道什么？"

"没有了，"曼宁答道，垂下眼帘，"没什么了。可不知为什么，我还是有疑惑——"这句话没说完，曼宁又想起了什么，"那她有没有被——那家伙有没有试图——"曼宁支支吾吾。

罗布尔斯不愧是一名专业警务人员,他秉着客观求实的态度,平静地替曼宁把话说完:"她有没有被咬食?你是想问这个吧?没有。我不清楚鉴定人员能不能说明,我对此不是很了解。这要问过动物园园长才知道。不管怎么说,这里有充分证据显示就是那家伙干的。灾难就发生在她自己家门口,她母亲和弟弟都听到了,他们马上冲了出来,那家伙肯定被吓跑了,没时间——达到它的目的。当然,前提是他们真的冲出来了。"

"有人看到那家伙吗?"曼宁刨根问底,继续追问,"能回答我吗?就像你说的,事情就发生在她自己家门口,附近还住着其他人,有没有人看到那家伙?她大声叫喊,一定有人看到的。"

"所以,除非有人看到了,否则这就不存在,你是这意思吗?你不觉得,这种想法对于办案很可怕吗?那里住的都是穷人,你知道穷人的。一两间房间的小屋子,很多连窗户都没有,就入口处有个门。等他们走出来,再小心翼翼地朝巷子里张望,那家伙早没影儿了。也有人说他们看到巷子口转角处有个黑影,一转眼就消失不见了。不管他们有没有看见,这又有什么区别呢?"

"我并不是想证明黑豹没有袭击小女孩,"曼宁欲言又止,"我对此也没有研究。我也不是侦探,只是个失业的媒体工作者。只是——我只是——我说了,我有一种奇怪的感觉,总觉得事情并不像我们看到的那么简单。"

"不简单?有什么不简单的?"罗布尔斯反驳道,"这事有什么复杂的？"

曼宁一脸迷茫，用力抓了抓脖子后面的皮肤："我自己也不知道，说不清楚。老实说，你难道不觉得很奇怪：一只野生丛林动物，体型、大小和颜色都如此引人注意的豹子，在南美洲第三大城市里，这么长时间，找也找不到，甚至完全没有人见过。这简直太不可思议。很明显，它并不是离开后又再次返回，它一直都在这儿。那它会藏在哪里？又靠什么办法不被人发现呢？"

罗布尔斯嘬起嘴巴，点点头，部分同意这一说法："确实从来没有过，很难想象。可是，不可否认，事情确实发生了，对吧？人们既没有抓住这头豹子，也没有找到它的尸体。也就是说，它依然藏在某处。这样推理没错吧，我的老朋友？"

"可它身在何处呢？它白天躲在哪儿呢？它的藏匿之处会在哪儿呢？还记得吧，这地方可都是石质建筑。道路不是沥青、鹅卵石，就是水泥，房子都是石块砌的。除了森林公园、几个小广场和公园有些树木，那一带都光秃秃的。它能去哪里呢？每天都有成千上万的人在它周围活动。有人晚上六点曾在所普拉斯巷见过它，当时有很多人一起，大家就跟在它后面。嗨！它突然就消失了，后来就再没找到它。它也没有在巷子另一头出现。警察和消防员把整条巷子搜了个底朝天，仍是一无所获。现在，这个被撕得粉碎的女孩是在隔着半个城区的巴兰卡贫民区被发现的。这黑豹是怎么神不知鬼不觉地到达那里的呢？"

罗布尔斯给出的答复是这样的：:"是呀，这的确很奇怪。谁能知道到底怎么回事呢？或许它钻进了下水道，通过地下的排水管道爬了过去。排水管里的水不会很深，淹不死它的。至于那些人所说的看似荒诞不经的黑豹凭空蒸发事件，其实也并非荒诞不经。它可能在巷子里跳上了一辆面包车或者小货车，不知情的司机就载着它离开了，在下一次停车时，它又跳出车厢，于是神不知鬼不觉地到了另一个地方。"

"不对！"曼宁忍不住挥手打断了他，"听我说，还有一件事：过去这些天，它靠什么维生的？它从哪儿弄吃的？尤其是，它喝什么？"

"那些流浪狗、流浪猫之类的小动物吃什么呢？不就是垃圾堆、小水塘或者河边。"

"当然可以，但那样不就被人发现了吗？"

"你怎么知道没人看到呢？或许人们见过很多次，只是距离远或者天色暗，误把它当作一只大黑狗而已。当然还有其他维生方式，就不一一列举了。和那些无家可归的小猫小狗、墙缝里爬上爬下的蜥蜴、污水管道里的耗子，等等，都是一样的。"

曼宁不自觉地将头转向一边。不一会儿，他转过头来，继续问道："这一次为什么还是没有找到它？这一次应该一下子就被围起来了啊！为什么这一次也和第一次一样，毫无线索？这样一番攻击之后，它的爪子、腿以及腹部的皮毛一定沾满了鲜血——"

"你说得没错。那里有很多血爪印和血迹，但没多远就都消失了。人行道上的尘土很快便吸干了血液，掩盖了血迹。而且，附近很多人闻讯赶来，等我们到达那里，现场已经一片狼藉。"

"我的每一个疑问，你都能给出解释。但仍然无法打消我的疑虑。按我们的话，这就叫预感。有什么地方不对。这整个事件背后存在某种不合理性，我可没你们这些人这么好骗。"

这位警察分局局长露出一丝惨淡的笑容，拍了拍曼宁的肩膀。"说实话吧，曼宁，是不是因为你自己的过错间接导致了这四足恶魔的罪行，出于自责，你才不愿接受这个事实，才会对这清清楚楚、不证自明的事实不断提出非议和怀疑？这当然是那家伙干的！你不愿相信这是那头黑豹干的，只是为了让你的良心好过一些。恐怕这次我无法认同你的看法。我们这次，试管、高倍镜、试剂、分析，全都用上了。这些都是铁证，不容置疑。我们已经就此给出了报告，依据就是这些科学调查研究，并不是靠猜测的。你所有的疑问，我们也都曾提出过，并没有逃避，但通过分析，最终还是排除了。我们的调查结果是：特蕾莎·德尔加多于五月十四日，周四晚11:15，在迪亚博罗巷自己家门口，遭到一头黑豹的攻击，并死于其利爪之下。就这样。"

"请删除'一头黑豹'这几个字。"曼宁冷冷地说了一句。

康奇塔·孔特雷拉斯

寡居的孔特雷拉斯夫人警觉地从枕头上抬起头来。她的房门敞开着,门外铺了地砖的地板上传来"窸窸窣窣"的脚步声,听上去此人有些犹豫不决,不知该轻手轻脚还是正常走进来。

"女儿,是你吗?"她冲着外面喊了一声。

孔特雷拉斯夫人在加长躺椅上伸展了一下身体,她的身体一天比一天虚弱。她长相硬朗,一双浓黑的眉毛从未修剪过,总是带给人一种平静的感觉。她有一头乌黑的头发,一丛丛卷曲在一起,发间一缕如小公鸡白色尾羽的饰物一直垂到鬓角。额头上放着一块浸过古龙水的手帕,这是唯一能帮她减轻痛苦的东西。她并没有假惺惺地呻吟，所谓的痛苦其实只是一个存在于自身和上帝之间的问题。

她的这声询问倒是让脚步的主人下定了决心，踏实了脚步，走了进来。或者说只是询问当下那一步踏得很坚定，之后的几步仍旧犹犹豫豫。不一会儿，一位年轻的女子出现在门口。虽说十八岁的姑娘都是如花似玉的，这位的美貌可说是美若天仙了。她浑身上下都散发着哀悼的气息，但这丝毫都不影响她出众的样貌。她立在门口温顺地望着躺椅上那位慈祥的家长，那位家长连自己最轻的脚步声都能分辨出，有时甚至知道自己内心的想法。

"您睡醒了，母亲？感觉好点了吗？"

孔特雷拉斯夫人伸手在一侧的台子上拿起扇子，这么做和房间的温度并没有关系，这是开始盘问的前奏。冗长又费神的盘问。那具有欺骗性的眉毛依旧平直，但家长作风十足。"坐一会儿，康奇塔小乖乖，过来，坐我身边。"

女孩走上前，搬了把椅子，不自在地在椅子边缘坐下来。

"就坐这里。"扇子一直摇着，不紧不慢。女孩的双脚缩进椅子下面。

"女儿，我问你，"孔特雷拉斯夫人停顿了一下，依旧摇着扇子，"听说你打算自己前往万圣园，祭奠葬在那里的父亲？"盘问已经开始了。

女孩原本低着头在绞手指，这时抬起头，回答道："今天是父亲的祭日。我不应该未经允许便私自过去。可您病着，我以为或许可以——"

孔特雷拉斯夫人慈祥地点点头，表示认同："孝顺的女儿是不会忘记已故的父亲的。她会为他的墓前换上新鲜花朵，会记得去探望他。这都是应该的。"摇扇子的力度变得温柔了些，"你上一次是什么时候去的？"

"好像是上周——我不记得了。母亲，您问这个做什么？"

"随便问问，没什么。你对父亲的思念怎么一下子就变得如此强烈，有点不顾一切，简直接近疯狂的程度。"扇子合上了，举了起来，又放下来，重新打开，又继续扇动，"我不喜欢你这个样子。你这个年纪不该这样。这也不大合理。你父亲也不是昨天刚去世，他都去世五年了。愿他安息！你那时才十三岁，你很爱他，伤心坏了。还好，后来便渐渐淡忘了，小孩子都是这样的。你和其他一般大的女孩一样，喜欢周日下午去看电影，有时会去甜品店吃个冰激凌什么的。可现在，突然之间，哀思快把你折磨疯了，其他什么你都不感兴趣，简直像着了魔，有时我还见你几个小时坐着沉思。万圣园你要少去，即使去，也不要待太久。你白日里茶不思，饭不想，夜晚又辗转反侧，不能入睡，一心只思念逝者。这是病，是忧郁症。"

扇子摇得没停。孔特雷拉斯夫人一个人依旧自言自语着，声音柔柔的，语气却很坚定，她并没有提高音量，也不会让人觉得有任何威胁或命令的感觉，一副就事论事的样子。"不能再这样了。以后不要再去墓园了。这不正常，我真不明白，你们这个年纪，不应该对那个世界如此沉迷。"

女孩几乎是含泪恳求："就去一次，母亲。就今天，以后我再也不去了，听您的。"

"好吧，就一次。明天吧。明天我应该会好一些。你一定要去的话，我亲自陪你去。"

一听这话，女孩看上去像受伤害了一样，又像受了惊吓："可今天是他的祭日！就在今天。您看，我都穿戴好了，准备出门了。已经过了 4：30 了。我去去就回，很快的。最后一次——"

孔特雷拉斯夫人心情沉重地摇了摇头，扇子也同频率摇动着，"我亲爱的女儿，谁都会说最后一次，可又有多少人真正做到了呢？别去了，听妈妈的话。刚才午睡的时候，我做了个梦，不是个好梦。"

女孩一听，来了兴致："梦到我了吗？是什么样的梦？"

"没什么，只是一片黑暗，我听不到你的呼喊声，怎么也找不到你。"

女孩一下子笑了起来："就这样？学校里的姐妹说，这种事情根本不可信。"

孔特雷拉斯夫人其他都好，就是十分迷信，她喃喃地说了一句，似乎是："那些姐妹有当妈的吗？"

她又摇了一会儿扇子，始终没有松口。"就待在这儿，"她恳切地说，"就这儿，待在家里，这才是你该待的地方。看看书，绣绣花，去窗边的吧台坐坐，望望窗外，做做小姑娘该做的白日梦。你也可以去屋后的天井，晒晒午后的阳光，欣赏自己水中的倒影，编编头发什么的。这些不都很好吗？只是时间会显得漫长一些，可时间过得漫长总比过得快好吧。明天，我们出门去给你买点东西，坐下来喝点汽水，看看人群。"

她叹了口气。她看得出这些对女儿都不起任何作用，于是只能不情愿地说："算了，看样子你是一定要去的，那你去吧。但这是最后一次。"女孩一下子开心得从椅子上跳了起来。母亲的扇子一横，她又乖乖坐下了。"我要明确一件事。这次不能再由罗西塔陪你去了。"

女孩吃了一惊："可我一个人也没法去呀！还有谁能——"

"我不放心她。她举止轻浮，而且没比你大几个月，做陪伴保姆不合适！我早就应该把她换掉的。真不知道我之前都是怎么想的。如果你要出门，就由老玛尔塔陪你。"

一听这话，女孩完全愣住了。这时，远处一个房间传来一阵电话铃声。

"罗西塔！"夫人喊道。

随后便是静静地等待，并没有听到任何人走上前来。可不一会儿，一个年轻清秀的全职女仆出现在门口，头上还裹着头巾，可并没有人听到她走过大厅的脚步声。

"在，夫人？"

"刚才是电话响吗？"

"接线员估计弄错了。我接了之后，没人说话。那边没人。"

孔特雷拉斯夫人平直的眉头微皱了一下，马上又舒展开来。"最近家里经常有这种事。你可以把头巾摘了，罗西塔。"接着又冷冷地慢慢加了一句，"你今天不出门。"

罗西塔抬手去摘头巾，但又没有真摘，似乎在希望夫人改变命令。"可是康奇塔小姐想让我陪她去——"她讲话的时候似乎有点喘不上气。

"叫玛尔塔过来，由她陪小姐去。"

罗西塔的两只黑眼睛盯着夫人的脸，但这完全是出于畏惧，她其实很想看向屋子里的另一位，却又不敢望向那边。她行了个礼，说声"好的，夫人"，便从门口消失了。

孔特雷拉斯夫人转向她的女儿。康奇塔这会儿一副垂头丧气的样子，原本伸在外面的那只脚也缩进椅子下面，与另一只脚勾在一起；两只手捏着裙子膝部位置的一块布，一会儿拧起来，一会儿松开。她似乎觉察到了母亲的注视，抬起长长的睫毛，对视了一下，又垂下头去。

孔特雷拉斯夫人开口了，威严中透出一丝怜爱。"过来，我的孩子。"康奇塔站起身，走到躺椅旁边，蹲下身子，与母亲平视。为了方便讲话，夫人停下手中的扇子，放在一边。她伸手，轻轻托起女儿的脸庞，盯着她的眼睛，眼里满是疑问。

女孩的眼睛一眨不眨，晶莹透亮，清澈见底。

"你知道，我不是一到这世上，就是个中年、守寡的妇人。我也年轻过，而且时间并不久远。请记住，我的小女孩，你能想到的，你母亲我也早就想到了；你所做的，也都是你母亲我以前做过的。这也是我母亲对我说的。什么时候的女人都是一样的。我知道，我都知道。"

"知道什么，母亲？"女孩声音很轻，轻得几乎听不清楚。

孔特雷拉斯夫人慈爱地在女儿的额头亲吻了一下，又更加怜爱地亲吻了一下她的嘴唇。"你这个甜蜜的小可爱。你像一道晨光射进我阴暗的午后天空。我不是说你做了什么不可原谅的事情，但做事情还是有对错之分的。你还小，但这世界已经存在很久了。我不希望，等你老了回忆自己的一生时，有什么令你蒙羞的地方，也不希望你扮演过什么奇怪的角色。不管是谁，如果喜欢你，就应该来我们家，这是习俗；应该由我或者菲利普叔叔，或者其他长辈介绍给你认识。"

"母亲，您说什么呢——"

夫人做了个手势："我什么也没说。这是我的心灵和你的心灵的对话。好了，你要去就去吧，由玛尔塔陪着，早去早回。太阳就要落山了，别待太久——"

女孩虽然没有像弹簧一样弹起来，但也一下子蹿到了门口，就好像挣脱缰绳的马匹。

在门口处,她停了一下:"你说什么,母亲?"

"没什么。去吧。"孔特雷拉斯夫人刚刚其实无奈地叹了气,像喃喃自语一般念叨着,"这不是好事。以前不是,以后也不会有好结果。这世道是不会变的。"

屋外的走廊上,康奇塔和罗西塔擦身而过,她们表现得就好像没看到对方。康奇塔轻声说道:"她让玛尔塔陪我,该怎么办?"

小女仆伸出手,与她击掌,似乎想给她一些精神支持。

康奇塔低头看着手里多出的一样东西:"这是什么?"

"别担心,这只会让她昏昏欲睡。"

"我可做不出这种事!"

小女仆连忙摇摇手,态度非常肯定。

"她不会有事的,对吗?"康奇塔呼吸紧张。

"不会的。这只是山里的一种药草。我是从市场那边一个印度人那里弄来的。我自己也吃了些。这最多也就是——嘘!她来了。"两人又继续走着。

一位六十岁左右的老妇人顺着走廊走了过来,头上裹好了出门戴的头巾。"我的小花朵,你准备好了吗?你和你母亲道过别了吗?"接着又严厉地对罗西塔说,"到里屋去陪夫人!她说不定需要你帮忙。"

康奇塔从她身边走过:"在门口等我。我回房间一下。"

她在房间的镜子前站住，紧张地审视着镜中的自己，似乎为了让逝者看到自己最美的样子。她拉开一个抽屉，从最里面的隐秘处找出一支口红，急急忙忙地往嘴巴上涂了涂。然后她把头巾拉了拉，遮住自己的嘴巴，便急急忙忙赶去门口和自己的保姆会合。

保姆已经叫来一辆马车，正坐在车里等她。她认为坐汽车去墓园是不合礼节的。"去花市。"等裹着头巾、身材纤瘦的小姐上车，在她身旁坐下，她便对车夫发出指令。

马车夫走街串巷，大约十分钟后，他们来到一个小广场，位于一座玫瑰围绕的教堂前。这教堂是西班牙殖民时期的建筑，特别值得一提的是，教堂前的那条已经磨得凹凸不平的宽阔石台阶路，其宽度和整个教堂地基的宽度完全一致。从中间部分开始，两侧石阶渐渐消失，只留下中间一条小道，直通教堂入口。其他地方都被五颜六色、连成一片的玫瑰花床所覆盖，其中不时点缀着一些搭起来的棚子。只有走上前去，才知道这里分为不同的交易场所，每一处都有各自的小商贩。有些商贩还搭了临时货摊，用杆子搭起凉棚，或铺了草垫子，以防骄阳晒伤花朵。还有些人买不起这些，便蹲在台阶上，划出一块地盘，卖的有散放在四周的花朵，也有插在盛水的罐子里的花束。空气中混杂着羊齿蕨、烂叶子、烂花瓣以及花枝的气味，但最明显的还是这常年潮湿的旧石阶因无法保持干燥所散发出的一种可怕气味。这种气味同时包含有生机勃勃、欣欣向荣的生活，又有一成不变、陈腐发霉的衰败。这就是花市，在这块地方存在了两百多年，日复一日，朝暾夕曛。

康奇塔的保姆走下马车，上台阶前，她转过身，问道："要买什么花？"

康奇塔紧跟着便下了车："我也去。我想自己挑。"

玛尔塔辩解说没有这个必要，她会为她买好，但康奇塔已经跑到她前面，缓缓沿着花市通道看花去了。每到一处，两边的花贩便叫喊起来，夸自己的花好，各种充满诗意的语句及推销的叫喊声紧随着她的脚步。见她离开向前走去，下一个花摊小贩的叫卖声紧接着就响了起来。不时有小贩伸出手，抓住她的衣服。玛尔塔把这些手纷纷打掉。

"孩子，这里，玫瑰在向你呼唤！"

"来看看哪，姑娘，康乃馨渴望被你带走。一角！五分！你说多少钱。随便卖了，便宜卖了！"天色不早了，花市也要关门了。

玛尔塔停了下来："这里有。这些可以吗，孩子？"

康奇塔看了一眼，并没有停下脚步："不要，上面，顶上有好的。我都是在上面那家买的。"

她所指的摊位，老实说，花的种类并没有她们刚才经过的几家多，摊主是位老妇人，满脸皱纹，就像画满了捕蚊网。

"要一些这种的。"康奇塔拿起一枝白玫瑰，靠近裹着头巾的脸庞，嗅了嗅，头巾相应的位置也随着呼吸动了动。

"好的，小天使，好的！"摊主欢快地回答，急忙开始为她取花，

"白玫瑰，就像您一样，美丽、年轻。"

"还有栀子花。"康奇塔点着。

玛尔塔伸手接过花："我来拿，这花会钩破你的衣服。"她递给老妇人一枚硬币，转身沿着湿滑的台阶往下走。

摊主似乎还没卖够。"看看，这簇白色紫罗兰正好可以搭配。只剩最后一枝了。"她一边注意着那保姆离去的背影，一边将一根手指熟练地放在鼻子一侧停了一会儿，"这枝花为你留了一天了。送！这枝免费送给你！"她将女孩的裙子扯了两下，像拉铃铛绳一样。

女孩接过花，在保姆的注视下缓步走下台阶，将花紧靠在脸上，这枝花和一枝大叶子编在一起。上马车前，女孩从花枝中间抽出一张折得很小的纸条。马车驶出小巷，去往墓园的路上，她用一只手展开纸条，看了一眼。然后她一路上都用离玛尔塔较远的那只手紧握纸条，避开玛尔塔的眼睛。

纸条上就几句话。这种十分古老的传递消息的方式，看似什么也没说，但却道尽千言万语。"我生命中的小甜心，今天你还过去吗？我等你。上次一别，这一周我都是数着日子过的。我的小甜心，不要折磨我了。"

康奇塔一只手将纸条折了起来，塞进了手套的卷边里，随后又一次将头埋在紫罗兰花中。正如孔特雷拉斯夫人所言，这世道不会变的。

马车渐渐要驶出老城区,这里的街道是卵石铺就的,曲折蜿蜒,像康奇塔家一样保守、体面的家庭都聚居于此。接着便是向郊区过渡的外城区,外国人和一些喜欢仿效他们的有钱人会住在这里——这些人家里的女儿没有长辈陪同也可以四处走动。马车沿着一条笔直的沥青路穿城而出,随后便是开阔的田野。又过了一会儿,可以看到对称的两排白杨树,中间是一条上坡路。爬上坡顶,一下子又冲上另一条路。这条路位于一道黑色的围墙后面,围墙绵延不绝,望不到头。

马车转上去,沿着这条路驶了一会儿。万圣园是这一带最大的墓园,或许也是这世上最大的墓园。据说,这里可以一次性安葬这世上所有的人。

道路另一边开始出现一些建筑,是为那些礼拜日或特殊节日来这里祭拜的人们安排的。这里有刻墓碑的店;有工场,只见骨灰盒、小天使、哀悼天使、十字架什么的四处散落;有个休息用餐的小凉亭,以及其他一些设施。这些设施之间都隔有一段距离,整个地方给人一种荒无人烟的感觉,没有任何生机。

马车在墓园入口处停了下来,那里有道石拱门,装着一扇巨大的黄铜大门。她们走下车。"最多半个小时后来接我们。"玛尔塔对车夫吩咐了一句。

马车开走了。具体去了哪里,只有车夫自己知道吧——或许就去了前面转角的小酒吧,谁知道呢。看着马车离开,康奇塔迟疑了片刻。

"玛尔塔，进去前，我们能不能去对面坐一会儿？我渴了。"

玛尔塔不同意，她把花束压了压，好让她的视线可以越过花束，清晰地看着康奇塔。"不行，小姐。这怎么可以？你母亲吩咐我带你快去快回的。你看看，日头已经开始西落了。我们回去前，天肯定要黑了。"

"这用不了很长时间。"女孩恳求着。

"可我们是来祭拜你父亲的，还是来饮茶的？"老妇人粗暴、固执地说道。

"就一杯薄荷茶。你看你那么喜欢薄荷茶，如果在家，你这时候肯定在喝薄荷茶了。"

保姆有点动摇，很显然这很有诱惑力。她往路对面望了望，似乎在合计这一去一回需要花多长时间。"可我们是不是应该先进去祭拜，回来的时候再去饮茶？墓园可快要关门了。"

"我头晕，玛尔塔。你还不同意吗？"

保姆连忙关切地说："哎呀，宝贝，你怎么不早说！看我都在想什么，还在这里吵吵闹闹。来，小心肝，挽着我，我们这就过去。"

两个人慢慢向路对面走去，可苗条的那位虽然嘴上说虚弱，走得一点儿也不慢；反而是矮胖的那一位拖慢了她们的脚步。而忠心耿耿的老仆人玛尔塔甚至因为小姐走得太快而担心。"别走那么快，宝贝。你会头晕的。"

这个时辰，小餐馆里根本没什么客人。一名服务生胳膊下面夹着托盘，走到门口迎接她们，带她们选位子。餐厅前面有个陶瓷马赛克铺面的长条形台子，装饰有一排芦苇，一张网格状的铁桌子孤零零地摆在那里，四周围着好几把椅子，数量明显超过这桌子所能配套的数目。

"我们到里面去吧，不那么引人注意。"康奇塔一本正经地建议。

两人继续往里走，里面灯光变得昏暗，像进入了一个洞穴。这里同样有一张芦苇装饰、无人使用的桌子。一块写着"太阳啤酒"的纸牌子松松垮垮地挂在那儿，玛尔塔经过的时候，头碰到了牌子，她生气地把它拨到一边。

她们两人在靠墙的一张桌子前，面对面坐了下来。保姆和鲜花在一边，来祭拜的少女坐在对面。服务生走上前来。"您好！"

"您好！"玛尔塔回答着，很快点了她们要的东西。

康奇塔一直等到服务生离开，这才拉开头巾，天使般的面孔带着一丝紧张。

渐渐地，她们的眼睛适应了这里昏暗的光线，能看清四周的景象了，只是依旧是像潜水艇深潜之后看到的蓝绿色光线。很快，外面的阳光暗淡下去，不像刚才那么耀眼，没有那么明显的反差了。

两人坐了一会儿，玛尔塔沮丧地说："我们估计去不了墓园了，要锁门了。这趟估计要白跑了。"说完，她整个身子转向餐厅的里间，那里似乎毫无动静。她拍了拍手，打破了这宁静。"小伙子！快点，我们赶时间！"她冲里面喊道。

服务生小心翼翼地走了过来，手里的托盘上放着满满一杯香气四溢的薄荷茶和一杯柠檬水，他没办法走快。

玛尔塔直接把嘴贴在茶杯上，抬起头时还满足地咂巴着嘴。康奇塔面朝店门口坐着，一直看着外面，可看上去并不像有什么东西吸引了她的注意，倒更像在寻找可看之物。突然，她发出一阵克制不住的笑声，一根手指指向门外。

"你真该看看！刚刚那个人长得太好笑了。我都不知道该怎么形容。"

玛尔塔背朝着大门，费劲地转过身子，努力越过身后的分隔板向外望去。

望了一会儿，她转过身，耸了耸肩："我什么也没看到。"

一小圈涟漪在她的茶杯中，荡漾开来。

"你错过了，他已经走了。"

玛尔塔紧接着说："你脸色不好，孩子。"

康奇塔的脸色苍白，她从没有对自己家里人动过这种手脚，其实她从未对任何人做过这种事，不论出于什么原因。

又过了一两分钟，玛尔塔饮完茶，放下茶杯。

"走吧，小宝贝，我们得走了。"

"再坐一会儿，这里真舒服，我的柠檬水还没喝完。"

"太阳已经要落山了，很快天就黑了。我们总不能天黑了才去——"

"你似乎很疲惫，玛尔塔。"

听到这话，玛尔塔突然感到一阵困意。"我是很疲惫，我今早去参加了六点钟的弥撒。"她旁若无人地叹了口气，"到了我这个年纪——"

"你靠着后面的靠枕休息一下。"女孩建议道。

"这不合适，尤其还是这样一个公共场所。"

"这里除了你我，又没有别人能看到。"

老妇人的头不由自主地往后靠去，她缓缓闭上眼睛，长吁一口气。不一会儿，她的脑袋便不再笔直地摆在肩膀正上方了，而是歪来歪去，直到最后找到一个舒服的角度——她靠在隔板和墙形成的夹角里，渐渐地，她的呼吸声开始加粗，嘴巴微张。

女孩在她对面安静地坐了一会儿，然后顺着椅子往外挪，一直挪到桌子尽头，这才站起身来，整个过程中她一直盯着对面这位代理监护人的脸，只见她每呼吸一次，两颊便微微颤抖一下。

女孩又小心翼翼地俯身下去，伸手去拿玛尔塔身旁散落的花束。她想用一只手从花枝下面捞起所有的花，这一切都小心翼翼，她可不想弄出太大动静。可她漏了枝白玫瑰，一枝长杆子的白玫瑰，算了，那枝就不要了。如果再去捡那一枝，其他花可能又要掉了。

她在许多桌子中穿行，像个披着黑色外衣的幽灵，奔向外面即将消失的夕阳。走到门廊，她停下来，示意服务生过来，并将手指搭在嘴唇，请他轻声。

"有什么吩咐，小姐？"

"我的保姆太累了，真可怜。我要出去一会儿，我回来前请不要吵醒她。我就到对面去一下，不要一刻钟我就会回来。"

"全听您的吩咐！"服务生毕恭毕敬地低声回答。一位优雅的女士，从头到脚一身黑，还抱着花，很明显是要去祭拜，不论谁，看到她都会这么想的。

她优雅地走了出去，来到外面的平台。大路就在前面，墓园的入口处并不在正对面，距这里还有一段路程。此时太阳已经下山，只有天空被映衬得像血一样鲜红，而她偷来的宝贵时间也在一分一秒地流逝。于是，她加快了脚步，一开始还不算明显。没一会儿，出现在眼前的景象，不只有失礼仪，简直就是怪异：一位身着黑衣的悼念者，飞快地向墓园大门冲去，花朵在怀中上下颠簸，头巾尾端和裙角在身后飞舞，似乎担心逝者等不及了，又似乎她等不及要向逝者献上敬拜。一两位行人在她跑过后，向她投去惊异的目光。

来到入口处拱门时，她已经上气不接下气了，裹着黑丝袜的双腿在裙子下抖得像筛糠。"我不希望，等你老了回忆自己的一生时，有什么令你蒙羞的地方"，母亲，这只因为爱！

她及时恢复了理智，让自己镇定，虽然仍旧是快步走着，但已经慢了下来。入口处那两扇大铁门像两扇张开的翅膀，迎接着她，拥抱着她。这大门一定是某位有钱人捐赠的，上面的浮雕要花不少钱。其中一扇门上刻着：死亡与祝福广存于世；另一扇刻着：无人能幸免。

女孩经过时根本没留意这些。活着的人没有时间去体会死亡；即使尝试着去体会，他们也不会理解。

前面有一个小石屋，更像一座岗哨，这是给墓园守门人在开放时间使用的。他正站在那屋子的小门口，向外看着她。这是一位长相普通的和蔼老人。他眯着眼睛费力地想看清楚她，很明显，这位老人有些近视。

她在离老人很近的地方站住，接着又向前迈了一两步。"半小时前，有没有一位年轻人来过，您有没有看到？黑头发，瘦瘦的，独自一人？"

"是个长得清秀的年轻人吗？"老人问道。

"是很英俊！"她激动地说，陶醉得仰头望向天空。

老人笑了，很理解，也很包容："是的，孩子，是的。我见过这样一位年轻人。十分钟里，他跑出来三次，向外张望，表现得很急切，还问我有没有看见一位穿黑衣服、一头乌黑秀发、非常美丽的少女，身边还跟着一位女仆。"

她有些不好意思，眉眼低垂，很快又抬起头。

"他还在这里吗？他没有离开吧？"她如释重负地问。

"应该还在吧。我好像没看见他离开。除非我去巡视了，没看到他走。"

"不会。"她肯定地说，满是骄傲的自信心，"他不会走的，他一定还在。谢谢您。"

她转过身，向里面走去。墓园一开始是一条又长又宽的中央大道，到里面便分成无数条弯弯曲曲的白色卵石小道，每一条小道看上去都差不多，在渐渐升起的暮色中，都笼罩着一层淡淡的蓝光。

"别待太久，小姐。"守门人在她身后善意提醒着，"我的哨声响起，就说明马上要关门了。你要在一两分钟之内离开。"

她大概只听到这些内容。一股无形的潮水涌向她，推着她向前，无法抗拒。什么哨子、大门、几分钟什么的，根本不足以与此相抗衡，根本无法阻止或妨碍她向前。这就是爱的力量，十分宝贵，深埋于心中，又令人充满期待，亘古不变。

她沿着大路快速走着，在这一处奇怪的地方穿行，微弱的暮光似乎要将这里掩埋。说它奇怪是因为这里既不是天然的，也并非人工的，这里是另一个世界。一直以来这里都异常平静，充满淡淡的忧郁，这是人世间所缺乏的。苍松翠柏、白杨垂柳，随意点缀其间，有的一棵独立，有的连成小片。这些树木扎根之处，便是人类死后埋葬之地，它们的根须直触死者，为他们遮阳蔽日，甚至长在死者身上，从他们身躯上汲取营养。它们枝叶覆盖之地、垂在地上的枝条之间、树与树的间隙、每条小路所到之处、每一处转弯，到处都是静静的、无灵魂的逝者，他们在晃动的树影中闪烁着点点白光。他们似乎在等待夜深人静的时候,依靠某种巫术,摇身变成一群神秘的东西,比如天使、凤凰或狮鹫。路边的石椅这时似乎也不再是为来墓园的活人准备的,而是为那些长毛的东西在深夜游荡提供方便的。

墓园笼罩着一层淡紫色的光,那是暮色。"暮色"这名字就有死亡的味道,那是白天的逝去。

在这片死亡之地上,爱情却发了芽。十八岁的少女,热血沸腾,双眸明亮,呼吸急促,心跳加快。她已经不再跑了。到墓园了,这就可以了。现在只是时间问题。虽然选在这里,可能对死者有些不敬,但她依旧满怀渴望地向前走着,每走几步便激动地向前冲两步,基本上和小跑一般无二。

她来到一条环岛路前,这里是她的一个坐标。环岛中央有一面窄窄的山墙,上面有一个雪花石膏制成的水瓮。她就是凭借这里认路的。她现在走的这条中央大道在这里还会继续延伸下去,连接墓园里其他一些不知名的小路。但这里又有另一条小路横穿过来。以往的经验告诉她,从这里左转就是通往她们家族墓地的路。当然,回来的时候,正好相反,只要在这里右转,就能回到直通大门的中央大道。

从这里再往前走一点就到了。她踏上这条弯弯曲曲的卵石小路,凭借模糊的记忆,往前走着。一开始,经过的是一片空旷的不毛之地。这里也是埋葬死人的地方,夜色已经为它染上了蓝边。

接着是一段上坡路，小路弯进了一片小树林之中，树木十分茂密，遮天蔽日，仿佛进入一条隧道。穿过那里，就到达她的目的地了。以前来这里的时候，她从没注意过这些，因为去的时候，罗西塔总是喋喋不休地拉着她说话；而回来的时候，有人搂着她的腰，依依不舍地在她耳边低声细语。这是她第一次独自一人前来。

终于到了。路边竖起一片一人高的树篱，围起长约几英尺的一块地。这里就是她们家族的墓地。篱笆墙上有个缺口，她从那里转了进去，走到其中最新的一座墓前。墓前有一座白塔，上面有一个黄铜制的花环，中间刻着这样一些字：

唐·拉斐尔·孔特雷拉斯·Y·加尔博

愿他的灵魂安息

这块墓碑立在这片墓地最里面，其他都是她的祖辈和一些她不认识的人。他肯定不会在这里等着的，不然未免品位太差了。他们有他们的地方。不过，还是要先祭拜完逝者。她在墓前单膝跪下，努力不去想某个人。她低下头，轻声诵读一段祷告文，并祈求原谅。"父亲，请原谅我这样欺骗母亲。我们也不想的，但我们都长大了。我会让他这周上门拜见母亲，我发誓。"

最后，她站起身，又花了几分钟用带来的鲜花将白塔四周装点一番，一点一点摆好，直到她满意为止。然后，她又屈了屈膝，在胸前画个十字，这才转身离开。离开前，还不舍地又回头看了看。逝者已经等到她了，现在还有一个大活人在等她。

那地方不远,只要沿着同一条小路往左再走几步。那里是一个大理石的花圃,圆形的屋顶完全靠几根细细的柱子撑起,一面墙也没有。它不属于任何人。也就是说,那里和前面的长椅、地标水瓮一样,是墓园里的公共设施。这就是他们经常会面的地方。他一定正在那里等着她呢。他一定等得不耐烦了,在抽烟,烟头的火光就像花圃中的萤火虫,一闪一闪。她急急忙忙往那里赶。真是的,她来得那么晚,没多少时间留给他们两人了。

终于看到花圃了,暮色中,花圃的样子并不是很清晰,只模模糊糊看得出一个淡蓝色的影子,看不出本来的白色。她此时哪里还顾得上花圃的样子,她一心只想着那个在里面等她的人。她在两根柱子之间,突然跳出来,还淘气地大叫一声:"劳尔!"她高兴地冲着里面说,"你是不是以为我不会——"

里面空无一人。

他走了!他等不住了,没等到她就走了!不会,他不会走的。看门人说刚才还看到他了。如果他后来走的,看门人一定会告诉他,她已经来了,而他一定会回来找她。

她站了一会儿,犹豫不决,周围环绕着三张圆弧形的长凳。他一会儿就会回来。他一定又去大门口眺望了,看门人一定会告诉他她来了。他们两个人一定是在什么地方错开了。可能就是她进墓地时,被树篱挡住了,而他正好经过,没听到声音,也因为天黑,又加上树影婆娑,才没有注意到她。也可能他抄了一条近路,所以没遇到她。她最好还是等在这儿,这样他回来就会找到她,不然两人又有可能错过,根本遇不到了。

虽然今晚时间不多,但他们一定要见一面!她郁郁寡欢,在其中一张长凳上坐了下来。昏暗的暮光中,她仍依稀辨别出地上的一些东西:在她脚边,有一根抽了一半的烟蒂,那边也有一根,四周散落有六七根这样的烟蒂。她用两根手指小心翼翼地捏起脚边的那根烟蒂,靠近眼睛,借着朦胧的夜色,仔细查看。香烟牌子还有一半没有燃尽。

"Ex-quisito",这些烟蒂就是他抽的,她认得他抽的这个牌子。她不禁同情地笑了。可怜的家伙,她似乎看到他在这里前后踱步,因她迟迟未到而焦躁不安。

她捏着香烟蒂,又看了一会儿。它就好似他的一部分,在他返回之前,这烟蒂是她和他最好的联系。

她对着烟蒂轻声说道:"小小的烟蒂,他到底爱不爱我?我没来的时候,他想我吗?你能告诉我,他都在做什么吗?他抽烟的时候,有没有呼唤我的名字?你一定知道,你离他的嘴那么近。"她用指尖轻抚着这烟蒂。年轻人啊!

他从大门口折返回来花的时间可真长啊。他应该会返回的,看门人一定会告诉他看到她的事。她已经到了,干吗不等等呢?这里是唯一可以掩人耳目不被打扰的地方,他们两人只有在这里才能独处那么几分钟。如果带着罗西塔一起,就是另一番情景。

她们两人年纪相仿，罗西塔能理解她，甚至协助、怂恿她。有罗西塔帮助，他们两人分开时便能表现得依依惜别，甚至明目张胆地走到大门口。她总是和他们保持一段距离，从不偷听他们讲话，有时还会走在他们前面先上马车，静静等他们两个手挽手、肩并肩跟上来。可带着玛尔塔！她还是就等在这里吧。他随时都有可能会回来。

　　事情就是那么神奇。因为遇到一个人，你的世界在一瞬间变得完全不同。她仍记得他们两人第一次相遇的情景，仿佛就在昨天，她已经想不起自己之前的生活是什么样子，没有"他"的日子是什么样子。那是一个星期天的下午，在剧院里。母亲旧疾复发，玛尔塔又严守教规，不在礼拜天去剧院，于是便由罗西塔陪她前去。"你们家在影院有礼拜天下午预留的位子，每次预定就是一个季度，而你每次来都坐在同一个位子上。"他一定早就注意到她了，很长一段时间，他都在中场休息灯光亮起时默默注视着她。而她也注意到了他，但女孩当然不能盯着男孩看。两人每次都只是在擦肩而过时互望一眼。

　　那天下午，戏剧散场时，外面下起了倾盆大雨。她和罗西塔两人也和其他人一样，无助地挤在人行道上的遮阳棚下。剧院门口的工作人员吹着哨子，跑来跑去。这时，她似乎真的听到了不知从哪儿隐隐传来的哨声，这令她的回忆更为生动——他们忙着替客人叫马车、出租车以及其他各种的交通工具，以解燃眉之急。

但每来一辆车子，就被人抢走了，这样下去，她和罗西塔肯定要被淋成落汤鸡了。这时，他突然出现在她们身旁，护着她们往前走，直接拦在最前面的一辆马车前，不容其他人有任何行动。

突然，她一下子坐直了，猛地从回忆中清醒过来。刚才是看门人的哨声，完全和她的思绪融为一体了！

她冲了出去，在花圃前的两级台阶上静静站住，紧张细听。哨声又一次响起，接着，便是笛声，仿佛远隔千里，在这黑夜里，听上去如此令人绝望。那么远的距离，她根本无法及时返回。这是第二遍和最后一遍提醒，随后，他们便会给大门上锁。看门人一定是没看到她。就像她和劳尔没发现彼此一样。很显然，这么大一座墓园，守门人不可能只在门口吹吹哨子就锁门的。或许在他最后一次清园检查时，他并没有走近这花圃，谁会想到那里还有人呢。而她那时正思绪飞扬，根本没有注意到守门人手中油灯发出的亮光——如果他提了油灯——即使看到，也没意识到那是什么。又或者他将其他身穿黑衣的女子错认成了她，因此并没有进来找她。毕竟，他眼睛近视的。

这些思考都是在一瞬间完成的，就在她惊恐地来到台阶上的那一刻完成的，连她的裙角都还没来得及落下。更令她沮丧的是，只有在这一刻，她才意识到在她等待期间，天已经完全黑了。连日落之后那一丁点儿的余晖也不见了。只在树木之上能看到些墨绿色的天空。其余都是漆黑一片——黑夜已经将她完全笼罩。

她跑上曲折的卵石小路。这应该是她长那么大跑得最快的一次。她奋力向前冲着，身后扬起一阵小石子，像海水击起的泡沫。她穿过树林，跑下坡去，来到家族墓地，又跑上坡，来到墓地另一侧。经过那片树篱围绕的墓地时，一声无助的抽泣声吓得她大叫一声："爸爸！"撒开腿飞快地逃离那里。这里安葬的那些人，曾经都是她的保护者，但现在他们什么也做不了。

树木和天空渐渐融为一体，可是地上，远远望去，四周白色的墓碑和标志物那模糊的影子，像四处游荡的幽灵。在某个隐蔽之处，黑暗天使正悄悄地躲在那里，随时准备跳出来，用双手掐住她的脖子，用力把她往墓穴里拖。她尖叫着，躲向一边，踉跄几下，随后又挣扎着向前跑去。

似乎从地下吹来一阵风，围绕在她四周，带着潮湿、腐败的气味，正是那些埋葬在这里的人散发出的气味。那风没有停留在一个地方，她走到哪儿，风便跟到哪儿，穿过树林，一路追随着她，呜咽着，似乎想把她带走。她脚下的路仿佛一条灰色的带子，又似一条模糊的卷尺，在黑暗中向前伸展，看不到尽头，或许根本没有尽头——

这是恐慌，她心里清楚，她知道必须克服这种心理，否则她就无法活着走到大门口。她步履蹒跚地走着，胸口随着呼吸剧烈起伏着，她尽力保持着清醒。别害怕，康奇塔，不会有事的。没事的，别自己吓自己。很快就到那个水瓮地标处了，然后你就要左转——

记得吗？——然后，沿中央大道一直通到大门，就这么简单。现在大声喊，就在这儿——他们会听到的，这样他们便会等你，不会锁门的。大声喊，让他们听到，你早就应该这么做，第一次听到哨声时就应该大喊。

她不知道气息够不够，但她还是竭尽全力呼喊。一边跑，一边喊，声音尖厉、断断续续、忽高忽低："等一下！门卫，等一下！我还在里面！别关门！等等我——"

她喊不出来了，已经喘不上气了。她整个人摇摇晃晃，完全没走在一条直线上。这些可恶的卵石，平时慢慢走时还觉得很舒适，这会儿它们在她脚下滚来滚去，左一拐右一崴，令她无法保持平衡。

水瓮！感谢上苍，终于到水瓮跟前了！它就耸立在她前方，高过她的头顶，仿佛浮在黑暗的空中。走近了，才看到它下面灰白的山墙。

现在向左转，她不厌其烦地对自己讲；向左转，注意——她甚至在那一刻都分辨不出左右了。心脏，心脏肯定是在左侧。她抬手放在心口，心脏剧烈地跳动着，每跳一下都令手掌受到一次重击。靠着心脏的位置，她转向了左侧，水瓮在她身后渐渐消失不见，仿佛有一根隐形绳把它给拖跑了。

那条直通大门的宽阔大道出现在她的眼前。最糟糕的部分已经过去了。这坚实的水泥路面可比那弯弯曲曲的卵石小道好走多了，可她已经精疲力竭，并没有觉得有多大区别。她摇摇晃晃地挪着脚步。不能再支支吾吾了,她再次鼓足劲儿,大声叫喊,却发不出什么声音,低低的、哑哑的,像被人掐住了脖子。除了她自己,根本没人能听到这声音。可她只能发出这一丁点声音,仿佛是这声音撕开她的喉咙,钻出来的。"别锁门,等等我!"

她前面的大道又宽又直,大道两边的轮廓在前方的黑暗中隐约交会在一起,可却一直与她保持相同的距离,并没有因为她前进而变窄。在她身后,那股带着坟墓里的湿气和棺材腐败气味的阴风似乎也从水瓮那边转了过来,一直跟着她来到这里,阴魂不散,不休不止。这就好似跑在一条永恒运动的路上,后面所有跑过的地方都被吞掉了,你跑来跑去最终还是在那一个点上,可你四肢、心肺的力量却已经耗尽了。

路一侧出现一条长椅,慢慢又消失不见了。过了一会儿,另一侧又出现另一条长椅。她真想躺在那长椅上,就这样半梦半醒地睡去——然而她不敢这么做。距哨声响起,已经过去很长时间了。他们到底有没有听到她的呼喊?他们还在等她吗?如果听到了,他们为什么不过来找她,哪怕是向前走一小段路也好?前方为什么看不到他们油灯的亮光?

有些不对劲。这次到大门口的距离似乎比她记忆中的长,而且长了很多,一点儿没错。这并不是因为恐惧或黑暗造成的错觉,而是根据她跑的时间和距离产生的疑问。按她跑过的距离,她早就应该经过大门两三次了。就算不用跑,用走的,到门口也没有这么远，从没有这么远！

一想到这儿，她的血管似乎开始一段段结冰，身体也随之变得僵硬。冰冻之后，接踵而来就是火热。不是那种正常的、让人保持清醒的温暖热度；而是那种令人发狂的灼热感，梦魇的温度。

她此时一动不动地站着，再也挪不动一步。她呆站在那儿，身子前后晃着，她的腿还想往前迈，最终只在地上来回轮换一下。前方的路依旧看不到头，自从水瓮转弯之后就看到的那个交叉点，一直在远方，无法靠近。

她努力思考着。左，是的，左转。Izquierda，西班牙语就是这个词，就是这个方向。可什么时候左转呢？进去，去家族墓地的时候？还是出来，走向大门口的时候？左转没错。每次他们搞不清方向，停住脚步时，罗西塔说的就是这个词。她的脑海中似乎还可以回忆起那声音："错了，左转，康奇塔小姐。"这一点肯定没错。但到底什么时候左转呢？她记不清到底是进去时，还是出来时左转了，她那时满脑子都是他。

她转过身，朝后望去。水瓮早已不知去向。她眼前所能看到的是另一个遥远的交会点，和之前的一模一样。

她转错了方向，走了一条错路，现在她并没有朝出口走，而是往墓园深处走。歇斯底里的哭泣声从她喉咙中传出，一声高过一声。她心烦意乱，双手插进头发中，这头卷曲的头发，劳尔对此十分着迷。她散开盘起的长发，别在上面的发箍和面纱随之掉在地上，可她完全不在意。

　　大门肯定早就关了。他们根本没有听到她的呼喊，完全没想到里面还会有人。她就这样被锁在这个可怕的地方，无人知晓。其他人都走了，只剩她，在这里，陪着这些死人。那个近视的看门人晚上并不睡在这里。白天开放时间他呆的那个小屋子也一定已经上锁。她当时看到那小屋子的大小，就知道那不是过夜的地方，这只是白天工作的地方。

　　她想转身返回，但她所能做到的，只是颤颤巍巍地迈了一小步。她没有勇气，她做不到。没错，前后是一样黑。但踏上未知的黑暗和重返已知的黑暗是两回事，后者更令人畏惧。因为这样一来，她就让那些潜伏的恶灵有了第二次可乘之机。那阵风依然忧伤地低吟着，跟在她身后。树木发出"窸窸窣窣"的声音，好像有什么东西从后面潜行而至。

　　她用双手紧紧捂住双眼，不想看到任何可怕的景象，又不敢放手，担心这可怕的景象随时会出现。她害怕得牙齿打战，浑身冰冷。过了很长时间，她终于把手拿开。她发现不知什么时候她又开始向前走了，缓缓地、小心翼翼地，略显僵硬，漫无目的地向前走着。她走在路中央，步履蹒跚，似乎随时都有可能倒在草地上；方向仍然是之前走错的方向，总之不转回去，就要往前走；走得忽快忽慢，毫无规律，仿佛某种丧失了意识的东西。目前，她就是这个样子。

这时，一把长椅出现在一条小路的路口，雪白的颜色在夜幕里犹如尸体般惨白，又仿佛自带聚光灯效果。她来到路边，一下子倒向椅子，而不是走向椅子。椅子的出现给她提供了感情上的支持和宣泄口。她上半身趴在椅子上，双腿拖在地上，号啕大哭起来，如此悲恸、如此猛烈，这样下去，要不了多久，她便会昏迷不醒。

但她并没有昏倒。她止住了恸哭，胸部不再上下起伏，抽泣也慢慢消失了，整个人平静了下来。意识也随之逐渐恢复了。恐惧又涌上心头，像一层薄薄的釉面，将她包围，她缩成一团，一动不动。突然，她条件反射一般夹紧双腿，像只搁浅的鱼儿，猛地回过头，向后张望。僵硬的双唇之间发出一声惊慌扭曲的尖叫。她奋力想将头和上半身躲进长椅最里面的角落，随后又像抽风一样，用前额猛撞又冷又硬的石头，却并不觉得痛。

暗暗的小路上隐约有什么东西向她靠近。黑乎乎的，蜿蜒前行，腹部扁平，尾巴又细又长。一会儿隐在黑影中，一会儿又出现在星光之下。但一直靠小路一侧行进。那东西前部有忽明忽暗的微光，很微弱，算不上明亮，犹如高空中的星辰发出的一道星光，又仿佛水滴反射的光芒。

它时走时停，鬼鬼祟祟，动作快时，身体上下起伏，仿佛一道可见的波纹。随后它又会突然停止不动，看不出一丝生气，好似一个暗影，静静地等待下一次伺机而动。她害怕得双眼大睁，脑子一片空白，只有恐惧。那东西身体后面还有一条细长的尾巴，轻轻地甩了几下，摆了摆，又不动了。正看着，那东西又悄悄向前匍匐前行一阵，转眼间又一动不动了。

康奇塔浑身瘫软，迫近的死亡令她无法动弹。刚才那声尖叫是她所能做的全部，之后便因为恐惧，发不出任何声音。恐惧的更高阶段，不再是尖叫，而是发不出声音。她头也不回，一跃跳上了长椅，爬到长椅靠背和扶手上。这一套动作在一瞬间完成，胳膊都没来得及帮忙。这是她能想到的最好的躲避办法了，她蜷缩在石椅的暗影之中，尽力缩成一团。她的脸抽搐变形，不安地等待着。

没有任何预兆，这东西突然一跃而起，如一道闪电般，扑向她的双脚——却扑过头了，那细长的尾巴在它身后来回甩着。

她浑身发抖，随时准备接受死亡。就在那东西扑过来之时，她一下子泄了气，腰一松，人便从椅背上翻了下去。她在地上慢慢往前爬，期间呕吐了几次。这时，她突然发现，在她旁边的，是那条她扔掉的头巾，前面点缀了两颗宝石装饰，后面是卷成一条细长绳的面纱，远远望去就仿佛结实的肌肉块，不时有风吹着它无声无息地向前移动。

心惊胆战的时刻总算过去了，以巨大代价换来的新生还要继续。她挣扎着站起身来，身上已衣衫不整。黑纱一边肩很高，而另一边肩已经完全掉在胳膊处。腿上的丝袜已破成一条条而露出雪白的大腿。她看上去完全不像个文明人，更不像城里的小姐，根本看不出是孔特雷拉斯家的女儿。她没名没姓，无门无户，甚至分辨不出性别，一副不分男女的低等阶层的样子。她已经忘记了什么是爱情。因为流泪、擦眼泪，她唇上的口红抹得到处都是，嘴巴、下巴、连脖子上都是。她现在就是一个毫无目的、完全靠直觉的生物，显得十分虚弱，一心只想逃离黑暗前往光明之处，逃离恐惧寻求安全之所。

现在恐惧对她来说只是程度差异。它无时不有，只有程度强弱不同，但从未消失过。她继续蹒跚前行，耷拉着脑袋，拖着僵硬的双腿。左腿、右腿，好像两根木棍。头顶的天空有一些星星闪烁着冰冷的光芒，看不出存在的意义。它们遥不可及，冷眼旁观；就这样从高处冷冷地看着这么一个小生物困在这一片黑暗之中，看着她跑来跑去，四处寻找出路，心里却早已知道这些都是白费力气。

突然，她又多了一份恐惧。这次是因为色彩。墓园被染上了一层色彩，完全变成另一副样子，它不再只是黑灰两种颜色，而这色彩也让这里显得更为恐怖。一开始，她并不知道这颜色为何而来，仿佛是远方反射来的色彩，又像是树林间、墓堆间透出的红红火光，并不是高高的火焰，而是贴着地面的火光。

在她身后，一只愤怒的巨型红眼睛渐渐睁开来了。是月亮！这可不是提到浪漫爱情或者许下心愿时常见的那种皎洁的月牙儿。这是肚子圆滚滚、嗜血的月亮，和这里其他东西一样，对人类充满敌意。愤怒、疯狂、狠狠地盯着世人，令人想起教堂里一直让大家不要听信的那些邪恶的东西、不洁之物：食尸鬼、妖精、露着牙齿的尸体，一个个都从坟墓里钻了出来，那些身体组织和筋肉散落在纵横交错的小路上，这里仿佛变成了医学院学生的解剖台。就是因为这个月亮，这个具有控制疯癫、神经错乱能力的星球，迫切地想要嗜血。

在月亮的照耀下，原来漆黑一片的地方，出现了层层叠叠的阴影。而原来不那么暗的地方，月光透过摇曳的树枝洒下来，让人觉得有东西在移动，恐怖至极，令人生畏。原本遍布四处的坟墓静悄悄的，现在，在月光的照耀下，似乎有奇形怪状的东西摇头晃脑、鬼鬼祟祟地移动着。那些不洁的东西，有的瞪着眼，有的在抛媚眼，光怪陆离。树木也突然变得粗糙多节，布满了树瘤，它们都向着她弯下来，伸出枝条想要抓住她。墓碑一个个都躲在灌木、花丛之中。在她经过时，刻意压低身子，等她一走过，便又竖起身子，偷偷溜走。连她自己的影子这会儿也背叛了她，它会在她最意想不到的时候爬到她身上，有时又突然撞向她。

身陷这样的恐惧之中，她除了应付当下，已经没有办法考虑其他事物。其实，如果她稍加思考，便会发现，黑暗已经获胜。她早已成为一个死人。不论她是否能从这里出去，她都已经不再是以前那个她了，惊吓已经将她永远地封印在久远的过去。

与此同时，月亮这个愤怒星球也连同这里其他事物一起，开始追赶她。追着她，爬上天空。它的颜色渐渐变淡，从一开始怒火般的橙色变成了黄色，接着又变为白色，白得如同漂洗过的头颅骨，似乎隐约还可以看到两个眼窝，正从天上盯着她看。

她愣了一会儿神。她能感知自己僵硬蹒跚的步伐，但脑袋却是晕乎乎的。就连恐惧感似乎也不那么强烈了，变迟钝了。由于惊吓，她受到极大的刺激，大脑活动变得有些迟缓。

就在这时，一丝声响传进她的耳朵，令她一振，整个人又变得敏感起来。这是一丝有生气的声响，是她来到这荒芜之地之后第一次听到的，除了自己的尖叫声和脚步声之外，第一次真真切切听到的声响。这是她听过的最动听的声音，胜过最美妙的音符，媲美最悦耳的鸟鸣。那声音有些嘈杂，介于"吱呀"声和"咕噜"声之间，轻轻地，远远地，粗糙而又蹩脚。然而，却那么招人喜爱。远处传来的是汽车的喇叭声！

外面的世界，那个活人的世界，原来就在近前，比她想象的要近多了。她停住脚步，仔细听，调动所有听觉细胞，尽力想再捕捉到那个声响。可是再也没有听到。就那么一次，然后就消失得无影无踪了。她屏住呼吸，甚至把连衣裙撕破的碎片也压住，尽量不让身边有任何声响，以免她听不清楚，错过了那个声音。然而，什么也没有，再也没有传来任何汽车的声响。

她不知道该往哪边走，声响的来源方向还没有弄清楚。如果冒冒失失选了一个方向，她担心会越走越远，最后根本找不到出口。

当然，有一件事她很肯定：声响并不是从她后面传来的。

耳朵没帮到她，又没有第二次机会再让它发挥作用，她现在只能靠眼睛了。可眼前这三条路看上去都是黑乎乎一片，没有任何差别——别急，等一下；右边那里，是不是看上去整齐划一，仿佛是一个平面？而另外两条路看过去都是无尽黑暗，深不可测。右边的月光，透过树叶照下来，没有散落在地面上，而是照在直立的什么东西上，不是吗？

她心头一振，她似乎找到了汽车声响传来的方向。她将所有的希望都投注到了这一选择之上。穿过草地，越过一些小土堆，很可能都是坟墓，可她现在一点儿也不害怕，因为穿过这些，生命正在召唤她。这些坟墓或许正在她脚下张开大嘴，但她在这些大嘴之间跳跃前行，急于想要到达她要去的地方。

终于到了，前方模糊一片的直立物，越来越近，正随她的奔跑，渐渐向她靠近，终于撞上了她的手掌。这里伸手触不到顶，表面是砖石结构，上面还涂了一层粗糙刺手的泥灰，不过此时它摸上去却比天鹅绒和绸缎还要舒服。一定是围墙，死亡的分界线，一道死亡无法逾越的界限。

她趴在墙上，双臂向上张开，一动不动，唇贴在上面，辛酸和感激一股脑涌上来，她不住地亲吻着墙面。

她沿着靠墙的小路坚定地往前走，小路距墙有一段距离。这不是前墙，前墙有门！这一点，她很肯定，因为她一直顺着墙走的，但都没有发现门。除非她在黑暗中不小心掉了头，又回到她出发的地方。不过，更大可能是这是其中一面侧墙或后墙。她已经穿过整座墓园，来到另外一侧。

墙的另一侧可以清楚听到"嗡嗡"声。虽很微弱，很空洞，仿佛远处低声轻语的回声，但在这一片死寂之中仍然清晰可闻。那是远处的居民的话语声和街市晚上的嘈杂声，混在一起犹如蜂鸣。这一切就在墙那边，至少距离这里不会太远。虽然墓园的正门不在这边，城市这个大怪物的一根手指却从后墙这边探进了墓园里。

这时，远处传来有轨电车轮轴转弯时发出的摩擦声，虽然很模糊，但她却听得十分真切，这令她更加坚信自己的判断。

她顺着墙根踩出一条路，满怀希望地望向墙顶。这墙太光滑，也太高了，就算她还有力气，没人帮忙的情况下，根本爬不上去。人们为什么要把墙修那么高？这里这些亡灵难道还害怕活人？

她注意到，有些树木长得似乎靠墙很近，有些甚至都伸出墙外。如果她能爬上其中一棵树，或许可以顺着那伸过墙顶的树枝爬到墙顶上。即使从墙顶上下不去，至少她占据了一个更为有利的地势，方便引起外面人们的注意。没有比现在更糟糕的境况了。前面叫得太厉害，她已经无法正常发声了，只能发出一些轻微的声音。而这个坚固的围墙之内显然没有什么凹洞，至少没有她能派上用场的。

这里的树树杈都很高，但就算她能够得到，也没有办法利用它往上爬；还有一些树太细，想利用上面的树枝根本不可能，如果她选这样的树，只会是送死。她最终选中了一棵，但天太黑，她也不是十分肯定。她站在树下，仔细观察了几分钟。她发现这棵树有一根粗大的树枝，直直地伸过墙顶。从她这个角度看过去，这根树枝几乎和这棵树的树干一般粗细。

她想用双臂抱住树干，寻找一个支点，但树干太粗，她根本抱不住。她又想从树干的一侧，扣住粗糙的树皮爬上去，可她太重了，树皮根本承受不住，纷纷掉落，结果她的指甲也断了，手指也磨破了。她还尝试想将脚尖戳进树干，往上爬，但每次都会滑掉，根本找不到落脚点。有一次，她好不容易爬到半人高的位置，可还是滑了下来，擦得满身伤痕，摔得浑身淤青。她顺势躺在地上，休息起来。

要是她十二岁那会儿，她一定能爬上去的。十二岁时，他们夏天会带她去乡下，她能爬各种各样的树，摘梨子、摘苹果，一点儿不在话下。而现在，不是什么梨子、苹果，而是安全，是活着——她却爬不上去了！

她感到深深的挫败感，眼泪忍不住掉了下来。她翻身跪趴在地上，就在这棵冷漠的大树下面，在这无边的黑暗之中，向那些不在场的人恳求。"劳尔，劳尔呀，你怎么就这样走掉了？母亲，我亲爱的母亲，求您让我回到您身边。我以后再也不敢了。我为什么就不听您的话呢？您一向是对的。您不想我出门——"

话语哽咽，泣不成声。

她歪倒在地上，头仍栽在地上。这时，围墙另一边传来一个声音——她简直不敢相信自己的耳朵，不敢相信真有这样的声音。这是随手关上车门时，门撞击底盘发出的空洞声响，像敲木头的声音。紧接着是钥匙插进锁孔的声音。

竟然有辆空车一直停在围墙外，等着它的主人。而这个主人刚刚回来，上了车，正打算驾车离开，却根本不知道围墙这一侧发生了什么事。

根据声音的来源，那辆车离她有几米的距离。车和她纵向位置上的距离就暂且不考虑，这辆潜在的救命车应该是在她对角线的位置。如果她能看到，知道它停在哪儿，她完全可以走到离车最近的位置。黑夜和繁星设计了这样一个奇特的几何图形。

我的腿呀，支撑我站起来，就这一次。我的声音呀，快大声呼喊，让对方听到。快一点儿，抓紧时间，再等下去就来不及了！

她颤颤巍巍地张开嘴巴，什么声音也没有，只呼了一口气便精疲力竭。她又尝试一次，有一点点声音，但连她自己都听不清楚。肺部努力发出的却是一串生硬的杂音。车主发动了引擎。六缸，但只有一个脆弱的排气管。引擎发出刺耳的声音，应该很久没有保养了。这声音打破了夜晚的宁静。

她终于站了起来，双手像旋转的风扇，疯狂地拍打着围墙。即使如此，汽车却已慢慢滑动，逐渐扩大了两者之间的距离。刚才令人无法忍受的时间里,两者势均力敌。现在,一场嗓子和汽缸之间的激烈竞争开始了。哪一方会获胜呢?她已经筋疲力尽,而引擎却十分强劲。

汽车开动了,没有滑行,而是直接加速。正在此时,机会来了——引擎声减弱了,伴随着一阵抖动声。她瞅准这个机会,叫了起来,声音尖利刺耳。

又一次惊险的抗衡,结果如何,要再等一两秒看看。她再也叫不出来了,这是最后一次了。紧接着便传来粗重的刹车声,车子不情愿地停了下来。她甚至可以听到橡胶轮胎和地面摩擦的"嘶嘶"声。

一切突然安静了下来。

一个男人的声音从空洞的夜空传来:"是谁?谁呀?喂?"

她可以想象,这人已经把一只手放回离合器上,打算继续开车,他一定以为刚才听错了,把那声音当成了他汽车的机械故障。

她的心脏紧张得快要跳出来了。她竭尽全力发出一声令人窒息的叫喊:"不——"其余的都只见嘴唇在动,听不到任何声音。

"谁呀?有人吗?"车门慢慢地打开,但车主仍在车里。或许迈出了一只脚。

"这里,在万圣园里,围墙里面。"这些都只能听到模糊的元音,她已经发不出辅音的声音了,幸好元音可以组合出句意,至少让车主待在这儿了。

皮鞋走在路上的声音。车门又一次关上——这一次，车主出来了。

他问了一个很愚蠢的问题："你在那里做什么？"不，这是成年人的声音，充满了智慧，这正是她所希望的。

"我一个人，被锁在里面了。看在上帝分上，救我出去——救我出去——"

"等一下，别怕。我这就爬上去救你——"

皮鞋从砖墙上滑下，毫无结果，两次、三次、四次。滑落的声音一次比一次重。接着，她听到对方跑上前来，想借自身冲力爬上围墙。每一次都伴随着一阵挣扎的声响。

"我爬不上去，这墙太高了。"他上气不接下气地说，"你等一会儿，我去找人。我找人要个梯子再回来——"

车门又一次发出"吱呀"声，这次却好似地狱之门的铰链声。

她的声音又一次变得尖厉："不，别丢下我！别丢下我！我受不了了！"

对方停了一下，或许一半身子在车里，一半身子在车外。他开始讲道理："你现在不是好好的嘛。现在已经有人知道你被锁在里面了。至少我知道你在里面，你只要再等一会儿。小姑娘，小姑娘，你听懂了吗？"

她又叫了起来，尖叫只是出于本能，没有道理可言："你不会回来的！你没办法救我出去，就站在这儿和我说话吧。至少这样我还知道旁边有个人。先生,先生,不管你是谁,请可怜可怜我。别再把我一个人留在这儿。"

"可你必须要出来呀。前面那个街区有家油漆店。那里肯定有梯子。我带上店主,五分钟就能回来。"

"你不会回来的,你不会回来的——"

"小姑娘,你一定是吓坏了。我对天发誓,不会丢下你不管的。谁忍心这么做呢?我是个男人。我待在这儿,也只是站一个晚上,对你一点儿帮助也没有。相信我。"

她停了一会儿,本能与理智斗争了一番。她还是让步了。"好吧,先生,我相信你。"她淡淡地说,"不过请快一点儿。这里很黑,我身后的黑影里似乎有什么东西在动。"

"转过身来。别回头看。面朝墙站着,等我回来,没有什么东西能伤害你。"

"可这样站着更可怕。看不见它们但能听到它们从身后爬过来,打算扑向我。"

他的声音听上去充满同情,但又有些不耐烦,不管谁遇到她这种情形,都会这样吧。"可怜的孩子。就等一会儿,孩子,只要一小会儿,我就会回来救你出来的。"

没等她提出最后的反对,车门便关上了。"先生,别把我忘在这儿。你不会把我忘在这儿吧,先生——"

"就待在那儿,我马上回来。"引擎再次发动,车主的声音又传了过来,"别乱走,这样我才能找到你。"

引擎运行平稳,汽车开走了。她听到车子轰轰驶走,去寻求帮助了。最后的声响传回来时,汽车早已驶得不见踪影。仿佛一本书完结之后的补记,又好像事后的恍然大悟。之后,什么也听不到了。

这里再一次陷入寂静。黑夜又一次主宰了这里,她又变回孤身一人了。

她一动不动地站在那儿,像暂停的动画效果,两眼在那面黑乎乎的围墙搜索着,似乎努力想聚焦在她最后听到车主声音的那个位置,唯恐有一丁点儿偏差。她担心一挪开目光,车主就不会再回来了,魔法就消失了。惊吓过度的孩子往往会有这种想法。

"不能动,他说过的。"她轻轻地自言自语,小心提醒自己。

突然间,她一下子倒在地上,仿佛下肢无法支撑上半身,又仿佛身体里有什么东西被抽掉了。她侧躺在地上,头、脖子和肩膀靠在一只胳膊上。她没有昏倒,只是突然间被抽干了所有的力气。现在,她能做的只有两件事,呼吸和等待。还有第三件。

希望,犹如一只白色飞蛾,扇动着小小的翅膀,在黑暗中围绕着她飞舞。

寒意逐渐侵入她的双腿;她的双手贴在长满苔藓的潮湿地面上,也渐渐冻得麻木了。难道是埋葬在这里的那些人的血液,通过某种可怕的渗透作用,进入了她的体内?她甩了甩手,想把这些东西甩掉，就好像甩掉手上的水一样。

那只希望之蛾绕着她飞舞的圈变大了，离她越来越远了。过了多久了？四分钟？五分钟？

她挣扎着跪在地上，双手十指交叉握在胸前。她低头靠在手上："请让他回来。我只求一件事：请让他回来。"

希望之蛾一转眼便飞走了，不见了，飞去别处了。

它那对小翅膀化作点点星光，消散了。

她对握在一起的双手喃喃自语，似乎在与它们分享秘密："他让我不要动。你们看，我尽力表现得不害怕。我安安静静的，你们没有听到我叫吧。有一次，我差点叫出声，可我还是忍住了，硬是憋了回去。这一次，我也不会——"

一声凄厉的叫声传进她的耳朵，令她有些迷茫，随后，她才意识到那是她自己的声音。

她双手压在喉咙上，想阻止声音传出来。她既没能从根本上克制住自己的恐惧，也没能挡住叫声。紧接着她又发出了一声尖叫："快回来呀！你在哪儿？"尖叫声回荡在死气沉沉的墓园里，它犹如一把尖刀四处乱刺，越过高墙，一直传到围墙另一边的夜色之中。

声音过后，一切显得愈发静寂，这时，她似乎听到一些声音。说不清是什么声音，像之前车门发出的"吱呀"声，又像汽车喇叭的声音，很难辨别。或者说更像个——像个垫子。声音是从墙外传来的，不是墓园里。一定是树叶，一簇树叶掉在地上发出的声响。可是那声响又有所不同。那声响听上去很有力，但又轻柔，没有什么摩擦声，听上去更富有弹性，仿佛行走在天鹅绒上或极为丝滑的绸缎之上，发出的"飒飒"声。但如果只是行走的话，声音是连续的，而这声响是断断续续的，仿佛因为不了解路线和路况而迟疑的脚步声。这大概就是这声响引起的联想，也是最为接近的判断。可这到底是什么声响呢？掉落的熟透了的果子，墙壁上滑落的一块青苔，都有可能造成这样的声响。

接下来的一段时间，什么声音也没有，她又渐渐松懈下来。

突然，"咔嚓"，是树枝折断的声音，还是那种细嫩的树枝，声音仍是从墙外传来，不是墓园里。

一阵风从身后吹过来，一直吹到围墙外。风不大，只有低处的树叶左右摇动着。这风带着死人的气味，一直吹到围墙的另一边，变成了死人和一个活人的气味。可谁的鼻子会那么灵敏，嗅得出这之间的分别？什么东西会有这么敏锐的感知力？

呼气声——是那种气呼到一个平面上产生的声音。就仿佛有什么东西把鼻子凑到墙上，嗅着，搜寻着，鼻孔一张一合，像两个发出巨响的山洞。

旁边有什么东西在活动。她能感觉得到，肯定有，她就是知道，不需要任何证明。她的每一根神经、每一个毛孔都十分肯定。安静的时间越长，她就越发肯定。似乎，不仅她屏住呼吸在仔细聆听，那生物也同样屏息凝神，细细聆听。那生物不仅仅靠耳朵听，它的毛孔能发射某种感应波或磁力波，敏锐地感知到她。这些波能穿透这厚厚的围墙，探知到隐藏在围墙另一边的人和物。她吓得一动也不敢动。

刚才她的尖叫声引来了什么东西，但肯定不是人，它过于鬼祟。是条狗吧？可狗会吠，至少会低吼。这东西很安静。死寂，满是罪恶的死寂。

她快受不了这种紧张感了。这次不光是她自己紧张，而是双重紧张——有她自身产生的紧张，也有对方带给她的压迫感。"是你吗？"她的声音在颤抖，"你怎么这么安静？"

她心里知道那不是之前的车主。之前的车主会开车回来的，即使不开车，也应该听得到急促的脚步声，不加掩饰的脚步声，还应该有梯子拖在地上的声音，而且他一定会呼唤她。

作为回应，围墙的另一边传来一阵摩挲声，就在她正对面的墙上，像打磨砂纸的声音，又像猫爪挠东西的声音。没一会儿，她感到脚下的地面震动了一下。似乎有什么东西，什么东西的躯体，重重地摔在地上。一定是那东西跳了起来，可又摔了下去。

"谁呀？"她尖声叫着，"谁在那儿？"

跳跃是没有什么声响的，除非它达到了自己的目的。可她就是知道那东西向上蹿了，她感受到了空气的震动。没一会儿，她的感觉得到了证实：她头顶上方传来了"沙沙"声，一定有什么东西拉住了树枝，弄得树叶"窸窸窣窣"响了起来，因为那时候并没有吹风。

她抬起头。在她正上方，一根粗树枝一直伸到墙外。这根树枝够粗壮，能承受很大的重量。不对，那里有东西。这里虽很黑，但她依然能看出变化。这根树枝之前是直的，并没有碰到围墙，平直地伸展着。可现在，树枝垂了下来，墙外看不到的末梢垂得更低。而且，树枝还在摇晃，在墙顶上蹭来蹭去弄出一些声响。树枝明显在上下晃动，一定有东西拽着它——或者说趴在上面，小心翼翼、费力地往上爬，朝着这边树干的方向爬过来。

她用尽全力喊道："谁在那儿？"但只发出了些许嘶哑的声音。她没有办法挪开视线，转身离开，她像生了根一样，像梦魇中被施了法术一般，无法动弹。只见她头往后仰着，眼睛直盯着上方的黑暗处，黑暗中似乎慢慢浮现出一个脑袋。

树上之前并没有亮光。另一棵大树将这里完全笼罩，围墙和下面的地面也被层层叠叠的枝叶完全遮蔽。月亮在树上洒下一些月光，但根本无法穿透这密密麻麻的枝叶。

但是这会儿，那里出现了光亮。粗树枝靠墙顶那一段树叶茂密，"沙沙"作响。透过树叶，有什么东西偷偷地向下盯着她。那里出现了微弱的亮光，像磷光一般，闪烁着淡绿色的光芒，像一只贪婪、冷酷的眼睛。而那眼睛四周有一圈阴影，那是因为什么东西遮住了月光形成的阴影，阴影的形状正如一颗脑袋。突然，那眼睛中燃起了烈焰，恶狠狠地从树叶隐处直盯着她。

她痉挛般地张大了嘴巴，可根本没来得及发出任何声音。没来得及发出最后的呼喊，她便一命呜呼了。

这一次，曼宁几乎是在第一时间便赶到现场的。消息送到警察总部的时候，他正好和罗布尔斯在一起，于是便和他同车前往。

几辆分局的车子先他们而至，在围墙外排成一排。那里搭了三四架梯子，每架梯子下面都站着几名警察。这是进入案发现场最方便、最快捷的方式。这里可是在墓园大门的正后方。

曼宁打算跟随罗布尔斯爬上其中一架梯子，却被旁边的警察拦下来了，因为他并没有进入的权限。可他紧紧抓住罗布尔斯的外套下襟，吊在那，怎么也不肯松手。

"他是我的人。"罗布尔斯简单说了一句。

围墙内侧，每架梯子的位置也都放了一架梯子，方便大家爬下来。他们两人转了个身，顺着这一侧的梯子爬了下来。

墓园这一片光影交错，好似一个古怪的大派对。强光灯那惨白的灯光相对而设，光源的边缘略带紫色光芒。这里偶尔还会有蓝色闪光灯亮起，手电筒的黄光忽远忽近，有时也会有光线从墓碑上扫过。一片墓堆之上，到处闪烁着香烟红色的光点和地上还未熄灭的烟蒂，有人坐着休息，有人在系鞋带，还有人在核对勘察记录。嘈杂、吵闹、令人目眩，一点儿没有墓园里应有的敬畏。

其中一架梯子下面，一名警员和一位浅色衣服的男士一起搀扶着一位悲痛欲绝的年轻人。这个年轻人上身穿着一件束腰带的风衣,没有戴帽子,头发乱蓬蓬的。他不断挣开左右两边的搀扶,向强光灯全部对准的墙脚那里冲去。在这么多强光灯的照射下,那里可以看得非常清楚,也相当可怕,到处散落着碎布片。这年轻人抽泣着,声音很低,腹部起伏着。每发出一声抽泣,他的腹部便会一缩一鼓地起伏一次。他脸色苍白,纸一样的苍白,没有任何表情。

罗布尔斯询问了一下,一位警员回答说是"El Novio"。原来是心上人。

现场一位注意纪律的警官厉声说道:"让那小子闭嘴。把他带走,让他安静点!他这样只会添乱。"

曼宁放慢脚步,留意了一下那个年轻人,随后又紧走几步追上罗布尔斯。罗布尔斯正站在碎布旁,一动不动地站着。曼宁赶上来的时间还真是不凑巧。

这次比上一次的情况更可怕。上一次在停尸间,至少对死者做了些处理,看上去像长眠的样子。这一次疯狂极了,到处都是血肉模糊。曼宁急忙后退几步,悄悄抬起胳膊,用袖子擦了擦嘴。罗布尔斯仍低头看着,脸上没有任何变化,只是太阳穴处渗出细密的汗水。他用手指抹了一下,汗水便消失了。

一位警员站在灯光照射范围边缘处,向他汇报了所有相关的细节。他似乎根本没有在听,全身上下只有眼睛转来转去。有警察从四下把所有的证物都收集在一起,地上的、死亡之树树干上的、树枝上的。他们把这些打包好,放在墙脚下一块四四方方的地方。

罗布尔斯终于开口了:"你说目击证人——无。那么,间接目击证人呢?"

一个三十多岁、目光闪烁的男子走上前,出现在灯光中。"胡安·戈麦斯,三十六岁,家住贝坦康大道36号。"罗布尔斯的助手退到一边。

"——还好他跟着我回来了。我估计,他是不放心他的梯子。不管怎么说,我们一起回到了这儿,当时这里出奇地安静。我呼唤她,可没有人回答。我把梯子靠在墙上,爬了上去,想一探究竟。我原以为在我离开的这段时间,有人把她救走了。可还没等我爬到里面,就听到他在外面大叫起来。他在围墙外面发现了血迹和血印。"

罗布尔斯看上去仍然没有在听,他只是说:"如果有需要,请您配合调查。戈麦斯先生,请离开前留下您的全名。"

"可我有家室——"

"您当时在做什么,这不在我们的调查范围。只要知道您在深夜驾车外出,这就够了。下一位。"

守门人被推上前,出现在灯光中,讲述完自己的证词,他又退回到暗处。

"——我以为她已经走了。有位女士曾从我身边经过,也是一身黑衣。我的眼睛不太好，尤其是在光线昏暗的时候。于是，我便吹了哨子，随后锁了门。大家应该清楚这里几点钟关门——"

罗布尔斯仍像没有在听的样子，守门人讲述的时候，他甚至都没有看他一眼。

远处突然呼喊声四起。这显然引起了他的注意。他原本一直低着头，注视着地面。这会儿，终于抬起头来，对站在近旁的一位警员厉声说道："他们在那里干什么？把这群蠢货都叫回来。那家伙已经不在这里了，他们只是在浪费时间。"

"可这地方树木繁茂，再往里去，更是如此，"那位下属争辩道，"这墙把这地方围了一圈，根本出不去。东边更亮一些，而且围墙顶还装有碎玻璃片——"

"你没长眼睛吗？你们早半小时就到了。难道没有人看出来那家伙已经原路逃出去了吗？"

曼宁转过身，正好看到罗布尔斯在那恐怖的尸体旁蹲下身，伸手从上面取了个小船一样、沾满血液的东西，随后又直起身子，把这东西放在一张白纸上。一段小树枝出现在大家眼前。如果不加说明，很难确定这是什么，因为已经完全看不出它原本的颜色。

"一片叶子，"四周的人都凝神静气，听他缓缓道来，"这原来是一片叶子，是上帝创造的万物之一，可现在却附上了死神的颜色。这女孩身上有很多叶子，让她看上去就像一只毛没拔干净的禽类。现在还没到落叶的季节，所以这些并不是地上原有的落叶。"

他的视线移向上方的粗树枝。"这些叶子是从上面被晃落到她身上的。从上向下落在她的尸体上,就从那里,落下许多叶子。那家伙应该是在围墙外寻找食物,女孩的叫声把它引了过来,犯下这桩罪行,随后它又跳上那根粗树枝,从墙顶翻了出去,不知所踪。你们的眼睛都长哪儿去了?我来之前,你们都在干什么?放大镜。"有人递了个放大镜给他,他走到树前,仔细察看树干的表面。"别挡着光,往一边站站。这里!看到了吧?这还不明显吗?你测过它在树皮上留下的抓痕吗?每一处抓痕都是上深下浅。上面深深刺入树干,逐渐向下变成浅浅的抓痕。这就说明那畜生是在往上爬。它的爪子先要刺进树上,吊起整个身体,由于重力作用,爪子会下滑,然后它又换爪子往上爬,一直爬到那根粗树枝上。即使如此,它的动作也非常迅速,一眨眼的工夫就消失得无影无踪了——幸运的是,它留下的这些痕迹不会消失。把这些拍下来。"他归还放大镜的时候,还不忘挖苦一句,"你真该拿根棍子,和五月广场那边的盲人一起去领救济。"

曼宁知道人家是看在罗布尔斯的面上,才让他留下的,他根本不该多嘴,可他就是忍不住,直接开口反驳道:"看到这一切,你就认为这是那黑豹干的?"

罗布尔斯转过身来:"你什么意思?"

曼宁这美国佬轻蔑地瞥了他一眼:"一只丛林动物,来到这里,竟然没有依照本能,选择长满植物的地方,它不去树林,也没躲进灌木丛，而是刻意返回了外面石头、柏油铺成的街道？可笑！"

或许为了帮长官重新夺回尊严，一名警员抢在罗布尔斯前面，替这位上司辩解道："墙的外侧发现了一些血爪印，应该是它行凶之后留下的。我们已经拍照取证了。"

漂亮的还击！曼宁张了张嘴，又闭上了，一句话也没说。

"最后，再看看这个。"罗布尔斯坚决地说道。他借了把镊子，再一次在那被撕成碎片的尸体旁弯下腰去。他的背正好挡住了大家的视线。曼宁看不到他用镊子夹什么，只能看到他胳膊的动作。

罗布尔斯直起腰，转过身，把一样东西放在纸上。这次这东西看上去像根弯曲的刺，一头粗，一头尖。

"看到这个，你还觉得这不是那头豹子干的吗？"他尖酸刻薄地戏谑道，"帮万事通先生举着放大镜。"

曼宁通过放大镜仔细观察。放大之后，这个东西像个微型象牙，呈喇叭形，粗的一头齐刷刷地断掉。"这是什么，牙齿？豹牙？"

"作为一个十分了解豹子的人，你的表现似乎不太理想呀。你应该好好学学动物学，"罗布尔斯无情地嘲弄着，"这是那豹子断掉的爪尖，插在她的喉咙处。"

曼宁无言以对，但他并没有屈服退缩。罗布尔斯举着那令人恶心的东西，一脸嘲笑地看着他。曼宁扭过头去，不解地喃喃自语："它不选择这里，反而跑到外面，这完全不合逻辑。"

罗布尔斯的声音震耳欲聋："当自然法则和这样的铁证矛盾时，

应该抛弃自然法则。自然法则是谁定的？你，还是我？我们是动物吗？首先，我们对物种的了解有限，很难确定百分之百有效的行为法则。它们也和人类一样，难以捉摸。或许，返回街市并不是豹子的本性，可这一头偏偏这么做了。有可能它成长的环境就是这样，它已经习惯了。又或许，它只是个例外。但不管是不是个例外，它仍是一头豹子！"

罗布尔斯这番异端邪说，显然赢得了其他警员的一致认可。他又回到手头要处理的事情上。"谁在那儿吵吵个没完？"他不耐烦地问道。

"那位心上人。"有人低声说。

"你们给他录过口供了吗？把他带过来。"

那名悲痛欲绝、穿着束腰带风衣的年轻人，由两名警员搀扶着，摇摇晃晃地快步走上前来。

"劳尔·贝尔蒙特，"罗布尔斯的助手念着资料，"家住圣文森特街14号，德贸银行的出纳员。"

他的脸，看得人心疼。曼宁暗想：一个人真不应该深爱到如此地步。还好，他自己没有。像这样，这小伙子甚至还不如个女人，简直不堪一击。

"能讲话吗，贝尔蒙特？"罗布尔斯直入主题，"讲讲事情的经过吧。"

这年轻人的声音毫无生气，萎靡至极。

"——我打电话到她家,想从为我们打掩护的那个小女仆那儿打探一下,看她是不是真会去。要打电话,就要去那家店,就是她和她的保姆去的那家。那里是这附近唯一可以打电话的地方。她一定是坐在后面的包间里,而我一定也是背朝着她,在电话亭里打电话。所以她走的时候,我们俩都没有看到对方!后来,我发现墓园锁门了,可我并没有马上离开,我又返回了那家店,借酒消愁。后来我决定离开,上车后,我似乎听到远处传来微弱的叫声——我记起来了。可我当时以为我听错了,再加上没见到她,很懊恼,我根本顾不上管别的事。我到底在干什么呀?"

他浑身开始颤抖。罗布尔斯叹了口气,让人把他带了下去。"先把他关起来。"这位分局局长在他离开后,轻声下了命令。

"你不是想——?"曼宁告诫道。

"保护性关押,"罗布尔斯答道,"他的情况不好,或许会做蠢事,等他情绪稳定一些吧。你也能看得出吧。"

曼宁转过身,慢慢离开康奇塔·孔特雷拉斯的尸体,躲开她那可怕的眼神。其他人都好奇地望着他,只见他低头沉思着,一边走,一边用腿踢着空气。这是他表达不满的一种方式,他气自己没办法证实自己的想法。

"那家伙,中邪了。"他听到罗布尔斯轻蔑地对其他人说,完全不在意自己讲话的音量,"他觉得这事不是那豹子干的,是另有原因。别问我为什么这么说!"

"也别问我！"曼宁扭头回了他一句，"别指望我会放弃。"他抬脚登上一架梯子，打算离开这个被诅咒的地方。

"证据就摆在他眼前。"罗布尔斯继续大声说着，对曼宁的反驳满是不屑，"看看，肋骨全都露出来了！没有人会如此丧心病狂。"

曼宁一步一步慢慢往上爬，这当然是说给他听的。"我看到的却正好相反，"他扭头回击道，"只有人类才会考虑得如此全面。再凶狠残暴的动物也没有办法做到这种程度。它们的暴怒持续不了那么久，猎物死亡了，它们便会平静下来。而且它们的记忆力也没那么久。"

曼宁双腿叉开，坐在墙头，发出一阵苦涩、悲伤的笑声，虽然这样有些不庄重，但他以这种方式，向这里的一切告别，没有任何惋惜。

克洛洛

克洛洛很快便厌倦了那个德国商船军官。其实她并不确定他是不是德国人，也不能肯定他是不是一名商船军官。她只知道他那个国家的人都长着浅黄色的头发、蓝眼睛，他们不会讲西班牙语。他的蓝色短夹克上是闪闪发光的黄铜扣子，而不是其他人用的那种骨头扣子。

这种厌倦和她个人的喜好无关。晚上六点之后她所做的一切都和她个人的喜好毫无关系。那是工作。她第一次遇到他时，他身上并没有带很多钱——一定有船员在他上岸之前提醒过他，别把全部家当都带在身上——现在，他喝一杯酒要花半个小时。而且，他一直说要娶她回家，还正式和她谈过话。他不知道，这样做只会耽误她的时间，令她无法按时间表完成工作。她只能放弃了十点钟那场，直接赶去午夜场。

克洛洛有严格的时间表，生活按部就班。如果不按时间表，什么事也干不好。人要努力工作，生活还要继续。每晚她都有固定的几站，每一站又有时间和停留时长。白天一直到晚上七八点，对她来说，就是上午，不在考虑之内，根本指望不上，是挣不到钱的。她可以待在家里，做做头发，洗洗袜子，四处走走；偶尔心情好时，会帮她那可怜的老母亲炒炒饭，再端给那些饥饿的弟弟妹妹们；她有时候会出门买些需要的东西，比如去一元店买瓶指甲油什么的。盛装出行是在晚上八点、八点半的时候。她会悉心装扮一番，找找感觉，给自己打打气。九点钟她要去精英酒吧。精英酒吧这时候也没什么生意。真正的上流人和有钱人这时候不是在家陪伴家人，就是还在抽着雪茄，喝着餐后小酒。九点钟，你会遇到的只有像这位一样的外国海军军官，打发打发时间。你们会在吧台那边喝喝白兰地。

十点至十一点是社交曲线的低谷。她会去像蒂沃丽或米拉弗勒花园饭店这样的地方。上流人这时候都在各处剧院，依然还没有出现。你会和一些青年作家、小职员、商人一桌闲聊。这时候，你们喝的是红酒。

午夜到凌晨两点是高峰时段，这才是她一天的正午时段。这时候，各种演出都散场了，雷阿尔城的夜生活开始了。蓝色赌场、森林公园那边的马德里餐厅（她从没去过那里。如果没人送，从那里走回来就太远了）、赛马会、塔巴林酒吧、抉择酒吧，这些都是不错的选择。那里就是夜生活中的奶油，满是体育人、上流人、有钱人。这些人大多喜欢卡巴莱歌舞表演，至少都会喜欢探戈舞曲。这时，要喝汤姆利乔甜酒或薄荷甜酒，有时也喝香槟。

三点过后，这里渐渐趋于平静。三点开始，夜晚的帷幕在这里慢慢拉开。人们陆陆续续开始归家。笑声渐渐淡去，灯光渐渐熄灭，黑夜笼罩过来。人们不再继续在外闲逛，而你此时也该回家了。这时候的感觉糟透了，有人称这个时间为"忧郁时间"，也有人称它为"死亡时间"。这时候还经常发生一些离奇的事情。如果有人想讲这类事情，一定是选择这个时间。

克洛洛现在来到市中心，她的一天就这样开始了。但其实她晚上的排班表很难按进度开展。事实上，她现在又有了个外号："Enganadera"——小骗子。至于第一个，早就被人遗忘了。因为在她去的那些地方，她说过的话从未兑现。只有被人围追堵截时，她才会老老实实认账，而且除了遇到职业摔跤手，她仍是一副不以为然的样子。她甚至还和警察吵过一两次，不是因为她没有兑现自己的话，而是因为他们放她鸽子。和她一起工作的人总提醒她说："小姑娘，你小心点，这样会弄臭自己的名声。名声一旦臭了，人们就会像躲麻疹病人一样，躲你躲得远远的。"换句话说，在底层社会和上流社会一样，名声都是很重要的。

然而，克洛洛在一点上有些死心眼，甚至可以说有点疯狂，那就是她心底里向往美德。她羡慕善良、体面、勤劳的中产阶级家庭的女孩，希望有朝一日可以嫁为人妻。她明确说过，最迟到三十岁，她一定会找一个老实、勤劳的人，把自己嫁了，为他生许多孩子，然后在城外有个有收成的农场，一块田就够了。如果生的有女儿，谁要是多看几眼，她一定会打得他满地找牙。

她还有十一年零六个月的时间。

目前这段时间的状态不是因为她生性放荡，而是迫于经济压力。她骨子里的美德信仰从未改变。酒吧里的那些素昧平生的人根本没有这个本事。但为了挣钱，她只能不去在意这些事情。

在里韦拉街那个摇摇欲坠的家里，到处都睡的是孩子。家里人知道克洛洛干的工作不体面，可她能给家里不少钱。对她的来去，家里人也不多问。她总是很晚才回家，对此家里人之间，甚至在亲朋好友间，他们总会隐晦地说她"出去散步"了。好吧，她有时候的确会。在她的这些"散步"中，有一次她甚至横穿南美洲大陆，到了布宜诺斯艾利斯。不过，两天后，她又毫发无伤地回来了。据说她在火车还有一站到站时跳了车，才重获自由。她对这件事津津乐道。

她母亲很胖，行动缓慢，看她挥着扫帚把几个挡路的小鬼赶到一边去，不由得耸耸肩，无奈地叹了口气。她是个孝顺的女儿，至少在家里她是个乖乖女。在外面——那是在外面。毕竟，人无完人，谁还没点问题吗？难道要她这个当妈的自己打自己的脸？更何况，这只是为了应付眼前，说不定哪一天一切都变了。克洛洛她自己不也一遍一遍地说吗？"你等着瞧，妈妈，等我三十岁，我就不学坏了，我会变成一个好人。"

而现在，她被一位九点场的客人缠到现在，马上就十一点了。这位客人是属于动了情的一类，也是最糟糕的一类。这类客人感情投入得越多，钱就花得越少。而这一位还具有很强的洞察力。她觉得他甚至可以看穿她布满疮痂的外壳，感知她内心深处的东西。他想带她一同回船上，和她结婚，带她去一个叫哥本哈根的地方，他会在那里买个奶牛场，和她安顿下来。

克洛洛觉得他说的这些都是信口开河。什么结婚，去叫哥本的什么鬼地方，这些都不如塞进手里的一比索，以此感谢对方的陪伴和共度的快乐时光。

他们俩并排坐在吧台的高脚凳上。她的头发蓬松地盘在头顶，像一朵黑色的菊花，厚厚的刘海一直遮到眼睛上方。她看似在仔细聆听，又似无聊空虚；聆听是装出来的，无聊才是真的。她靠着凳子的边缘坐着，脸冲着对方，一只手肘冲着吧台，另一只向后伸着，正好支在头后。她一只脚悄悄从凳子横隔上滑下来，向地面上探，然后脚尖着地。她打算立刻结束交谈，不想再拖下去了。

"你会喜欢的，我知道你一定会喜欢的。"

"当然,"克洛洛早有准备,随口答应,"你能再说一下那是在哪里吗?"

克洛洛总记不住那地方的名字。几个主要国家的名字她都知道,像英国、法国、西班牙等等。这些都是在城里学会的。那地方要么是什么她不知道的国家,要么就是瞎编的。她认为应该是编造的,除了英国、法国、西班牙,还能有什么国家。时间要到了。剧院马上就要散场了。她另一只脚也伸下来,踩在地上。现在只剩一件事了,就是起身离开。

他终于注意到她要离开了。他认为是因为他不够热情,看上去有一点儿受伤。他不再向她表达情感,而是冲着酒保叫道:"给这位女士再来一杯。"他说过不喜欢看她喝酒。他已经开始想要改变她。

"不用了,我要走了。"克洛洛说道。她站起身,不给他留任何余地。道别时每一个动作都很有讲究,这才能圆满达到自己的目的。如果这时候他伸手来拉她,她就可以快速后退。"我还有个约会。"

"可你现在约的就是我呀。"

"当然,可我们的约会已经结束了。再见吧。"

"可我想娶你。"

"以后再说吧。"

她已经退出两张椅子的距离。酒保从一侧走过来,低声责难道:

"急什么？他一直都很大方，你这样想干什么？"

"我的提成，"她从嘴里挤出几句，"快点，否则我就告诉他你非礼我。你知道结果的：你身后的镜子，架子上的那些酒杯——"

"你这个小土匪。"他忿忿地说。两人的手在酒台上方快速地接触了一下。

"我也可以去罗布尔斯的酒吧，不是一定要来你这儿。你从我这儿总归会有钱赚的。"

她刚才那个主顾伸出手横扫过来，想拉住她。她当然退出那只手所能触及的范围。"再坐一会儿，克洛洛，小克洛洛，别走。我们相处得多好呀！"

"我知道，可我没时间了。"

他冲着出口处她的背影挥舞着双手。"我希望你能嫁给我。我想带你离开这里。"他有点不知所措，不知是该伤心流泪，还是该暴跳如雷。

她出了门又回头望了望。"别让他乱跑，曼纽尔。"

叫曼纽尔的酒保瞪了她一眼，不满她就这么结束了一个赚钱的机会。

她最近这段时间的陪护者来到灯火通明的入口处，望着她的背影。"你真是个好女孩。"他怨恨地说。

"先生，你最好回船上去睡一觉。在下一站会有好女孩在等着你。其实都差不多。"

狭窄的街道昏暗曲折。她沿着街道往前走，快活地前后甩着包，活像一个穿着紧身黑绸裙的精灵。她回过一次头，看见那家伙仍靠在门侧，痛苦地将脸埋在胳膊里，他找了大半个地球才找到她，可现在却失去了她。或许只是酒精的作用。爱情里有几分真几分假，有谁说得清呢？

"或许我应该接受，"她耸耸肩，并不在意，"谁知道呢，如果我能预知未来，或许会接受。就让我因为没接受而后悔吧。"

下一个拐角处，突然转出一个人，与她擦身而过。那人突然停住脚步，转身拦住她："是你，对不对？"

"我们认识吗？"克洛洛不确定地问，语气很客气。

"我们认识吗？"该人怒目圆睁，"你说五分钟就回来，我一个人坐在那里等了你整整一个晚上，像个傻子！第二天一早，我一个人走出宾馆的时候，整个宾馆的工作人员都在背后笑我。"

克洛洛向他摊开手，坦诚地说道："我回去时，找不到房间了。那么多大厅、那么多转弯，我迷路了。这也不能怪我呀！"

"你知道吗？你就是个骗子。装清纯。"

她用一根手指轻轻碰了碰此人的下巴："别难受。想想你和我一起度过的欢乐时光。这是你亲口对我说的。不可以太贪心呀。"

"我可不是只为寻开心的，"他有些愤愤不平，伸手想拉住她，"过来。我有好东西。"克洛洛连忙又往后退了一步。"根本不可能，"她笑着说，"此一时，彼一时。没有延期一说。"她往旁边一闪身，躲到一个八角广告亭后面,隔着亭子看着他。

"过来,不然我就过去抓你。你也不想被我抓住后脖领,才乖乖听话吧。"

她笑着,不时把背包甩过去逗他。

见威胁不奏效,他又开始贿赂她。"来嘛。"他连哄带骗地说,"我请你喝一杯。"

她冲他做了个鬼脸。"我刚喝过一杯。"根据她长久以来的经验,二趟生意不会是好事。绝对不会是好事。不仅仅对她而言。这种情况下,主顾会因为上一次被放鸽子,这一次加倍留意她,她会很难脱身。戏弄一次之后,再也不要和他们有任何瓜葛,这才是明智的。

他张开双臂,很诚恳地邀请她。"来吧,我喜欢你,情不自禁。你独特的魅力让我欲罢不能。找你可真不容易,今天在这儿,明天又不知去哪儿了。"

"真是这样吗?"她大笑着,"现在看仔细了,我不在这里。"

她回头望了一下,非常担心他会追上来,一把抓住她,可他并没有,他一个人站在原地。他站在人行道中央,充满渴望地望着她,似乎希望她能改变心意。她一定给他留下了深刻印象,克洛洛漠然地想着。而她,现在一转身的工夫,已经记不清他的长相了。

她先是在抉择酒吧外面观察了一会儿。不知为什么,今晚这里似乎不怎么热闹。她决定改去塔巴林酒吧。每次先打探一下,总没坏处。不管多热闹的地方也有低迷的时候,可一旦你花一角二分钱买了那杯红石榴汁,钱就退不回来了。

塔巴林酒吧那边人潮涌动。她在门廊的镜子前补了补妆,抬脚往里面走去。这里人头攒动,根本挤不进去。如果有人这时能给你挪点地儿,那真要感激涕零。

酒吧老板一眼就看到她了,来到她身旁。"坐最里面的凳子。"见她打算在一把珊瑚红色皮凳上坐下,酒吧主对她说,"我想把中间的位子留给其他买酒的客人。"

她向里面走去,但同时又傲慢地对他说:"别担心,我不会坐很久的。"

一个没有女伴、长相普通的年轻人,从舞池走了过来,唇上的胡茬如针尖般坚硬。他来到吧台前,端起一杯一饮而尽,随后便坐了下来。

感受到闪烁的目光,他朝她这边望了过来,手中仍端着酒杯。她朝他笑了笑,冲他脸上轻轻喷了一口烟。虽然烟没喷到他脸上,可她的目的却是显而易见的,她朝酒杯努了努嘴。里面一定有人在等他。他就好像没看见她一样,扭开头去,一副很了不起的样子,随后丢下一枚硬币,在下一首探戈舞曲开始前,走下舞池。

他一走,酒吧主就过来了,提醒她说:"听着,别太直白,听明白吗?把这烟扔了,注意点自己的举止。"

"你上堂礼仪课要收多少钱?"她懒洋洋地问,"是谁让你这地方如此兴隆,是我,还是你那张吓死人的死鱼脸?"

"还有比我脸更臭的。"他嘀咕着。

"那是因为他是倒着看的。"他们可不是在吵架,他们真的是太了解彼此了,只是斗斗嘴打发一下无聊的时间。

她其实还是想去抉择酒吧,只是已经在这儿花了一角二分钱了,她要把这钱赚回来。

这时,又有人从舞池那边走过来。这是一位身材魁梧、气宇轩昂的绅士,有些年纪,红胡子根上开始有点花白。但他腰杆笔直,皮肤是健康的古铜色,一看就知道经常参加户外运动。他此时一脸厌烦,似乎已经烦透了,想赶快离开这里。他扔掉手里没抽完的雪茄,走到吧台前。

"请问——"这时,他注意到了克洛洛,突然语塞了。

酒吧主忙说:"就在门童站着的地方,先生。"

就在门要关上的时候,他又回头扫了克洛洛一眼,一转眼门童又跟着他转身进来了,或许他回来拿个衣服刷或梳子之类的。

他进来后,直奔舞池去了,但仍不忘向她这里瞟了一眼。

"手法生硬啊,"克洛洛心里想着,不由得一笑,"或许他有了太太之后,再没找过别的女人。"

她摁灭了香烟,起身朝门童走去,手里仍端着酒杯。酒吧主注视着她,只等她把酒杯放在一边,便趁她不注意倒掉杯中酒,然后赶她出门。

"刚才怎么回事?"她和气地问。

男孩的眼睛睁得大大的,闪烁着激动的光芒:"什么也没做,便给了我一个比索!他在门廊镜子前照了照,向我打听你的事情,又问我觉得他看上去有多大年纪!"

"里卡多,工作去。"酒吧老板训斥道。

"我也要工作了——从现在开始。"克洛洛自言自语道,很快又回到了她刚才的位置上。她已经把想知道的都弄明白了。

她对此很有信心,耐心等待着。但一旦她想错了,这浪费掉的时间是不会再回来的。可通常她都是对的,这一次也不例外。两支探戈舞曲过后,那位先生又出现了。

他朝吧台这边走来,一路上盯着她看,突然,他一转身,又像刚才一样往门口走去。

"他回来不为别的,只想确认我还在不在。"她心里很清楚。

她冲酒吧老板打了个响指,示意他这会儿她有工作,不再闲坐着了。"再给我加点水。"她尽可能地稀释这杯红酒。

他沉着脸,把酒递还给她。"你要干什么,这一杯要喝整个周末吗?"他不知道她的意图,否则他一定不会把这兑水的酒还给她,要让她着急一下。

就这样,她端着酒杯来到门口。没过一秒钟,门又开了。这时,她正站在那儿和门童说着什么,那位先生只好从她身后挤进去。他本可以安然通过,完全不碰到她。可她这时胳膊却向后缩了一下。

就是那只端有酒杯的胳膊。酒杯一晃,红色的酒液洒在她的裙子上。

她看到他慌了,简直惊慌失措。她对此表现得十分大度。只见他抖开手帕,单膝跪地,一点一点把酒沾干净。

"这是常有的事,先生,真的没关系。是我的错,我不该站在门口挡了路。"

"请到这边来,至少让我重新为您买杯酒吧。"

她漠然地摇了摇头:"一个人喝酒也没什么意思。"

他朝舞池那边望了望:"我——我可以陪您一会儿。我家人在里面,我一会儿就得回去。"

克洛洛心里想,这家伙还真不走运。那只是他一厢情愿的想法,她可不是这么想的。她装作很端庄的样子坐在他身旁,还是刚才那个凳子。

"给这位女士来瓶香槟,保罗杰香槟!"

酒吧老板这时满脸堆笑地看着她。他甚至蹦出两个蹩脚的法语单词,那是他专门为买香槟的客人准备的。"先生,夫人。"

"为这次幸运的意外,干杯。"

"为这次愉快的意外,干杯。"克洛洛修改了一下用词。

他们两人迅速熟络起来。那先生笑容越来越多,从微笑到咧开嘴笑再到开怀大笑。有一两次,他回头望了望舞池那边。

"你不觉得这音乐声太吵了吗?"他总算开口提议。其实他刚才就是从乐队那边过来的,似乎突然之间他的感官变得敏感了。

但也可能在那边他觉得没什么话值得认真听。

克洛洛完全赞同。"是的,这样很难听清楚对方说了什么。"她附和着。

"老板,这里有什么安静点儿的地方,这音乐太吵了。僻静的地方有吗?"

"后面平台那边有间朝外的小房间,不知先生、女士要不要去看看。沿那边走廊一直往里走。"

"再送一杯香槟和一些吃的。"他想了一下,又折回来,靠近酒吧老板悄声说道,"如果有人过来找我,就说我出去透透气了。"他又往老板手里塞了点东西,"往那边去了。"他指了指另一个相反的方向。

"再帮我拍拍背,"他的喉咙似乎被卡住了,"不行了。笑得我喘不上气了——"话没说完,便是一阵猛咳。他身子抖动着,眼泪也流出来了。

克洛洛从桌边一下子紧张得跳起来,跑到他身后。"你该休息五分钟。"嘭!"你这样会送命的。"嘭!"我们讲点悲伤的故事吧,等你缓过来再说。"

他的身体仍然抖动着。"我们试过了,"他有气无力地说,"刚刚不就在讲悲伤的故事吗?可不管什么事,只要从你嘴里讲出来,都很好笑。再用点力气,应该是有块鸡卡在喉咙里了。"

"等一下,我用冰香槟浇一下你的后脖颈。一刺激,应该就能把它送下去。就像治打嗝一样。你不介意吧?"

他无力地招了招手:"来吧,你做什么我都不介意。就算死在这把椅子上,也值了——"

"我要站高一点儿,"克洛洛一边忙一边说,"这样冲击力会大一点儿。"她把自己那把椅子搬到他身后,站了上去,两手举起香槟瓶。"准备好,要倒了——"

门突然被人撞开了,一阵暴怒像一股寒风刮遍了房间的角角落落。这暴怒的制造者并没有进入房间,他站在门口,一脸责备。此人正是克洛洛之前在吧台那儿见过的那个针尖胡子的自负男子。

他们两人没有直接望向此人,而是通过墙上的镜子看清了突然出现在身后的来人的样子。

与克洛洛共进晚餐的这位先生有些伤感,低身说道:"这正是我需要的刺激。鸡肉滑下去了。"

她轻轻从椅子上跳下来,把香槟瓶重新又放回了冰桶里。

三人都不讲话,至少没说什么具体内容。

门口那位穿着礼服的"人面兽"终于开口打破了僵局。他只说了一个词:"爸爸!"

椅子上的老人厌恶地挥了挥手,头也不回地说:"请把门关上。我马上就好。"

"我在大厅等你。你是跟我们来的,请别忘了这一点!"

克洛洛的这位恩主含含糊糊地嘀咕了一句,好像是说:"忘了最好!"门应声关上了。

克洛洛十分震惊:"那不是你儿子!你看上去一点也不——"

老人叹了口气,耸耸肩,站起身来,双手拍了下身侧。"有像他这样的儿子,怎能不老得快呢。"他说着,又叹了口气。

随后他脸色忽转,微笑着看着她,怎么也看不够,目光柔情似水。他用双手捧起她的手,送到唇边。"别难过,我们相处得很开心,不是吗?现在我要走了。也不知道我们还会不会见面。我住在城外,无从得知人们会怎么说,可小克洛洛,你是个可爱的女孩。这一两小时的相处,你让我觉得自己又变年轻了,又变回了多年前的那个我。你的笑声、你的小动作,都让我觉得开心愉悦。我能为你做的就是这个。这是你应得的。我那个爱摆脸色的儿媳妇已经拿得够多了。"

"不用这么多,先生!"这或许是她人生中第一次真心实意地拒绝,甚至可以说有些吓到了。

他从钱包里掏出一百五十比索塞给她。估计那里面装的有近千元。

"拿着,拿着,"他把钱塞进她手里,又把她的手合上,态度坚决地拍了拍,"那些说你坏话的人,一定是瞎了眼了。"他声音不大,但十分真诚,"能给他人带来快乐,还有什么比这个更配得上美德一词呢?"

克洛洛不好意思地低下了头。她听过很多赞美之词,但从没人把她和美德联系到一起。

老人调皮地笑了笑,再次认可他的说法。

"对了,把这钱放在别人拿不到的地方,别让人给抢走了,小心点儿。"突然间,老人仿佛预感到了什么,他急促地说,"小克洛洛,你一定要当心。我知道我喝了酒,但——你可千万别出事。你这种生活方式太危险了。我不会伤害你,但不能保证其他人也不会——回家去吧,我给你这些应该够了。今晚别在外面逗留。"

"我不会有事的,"她很肯定地回答,双手紧紧压在胸前——那笔钱现在就放在那里,"相信我,我不会有事的。"

他一定是对她动心了。他甚至想要摘下手上的钻石戒指给她,可又无奈地放弃了。"那两头饿狼一定会发现的,这只会给你带来麻烦。"

这时,门又一次被撞开。那位年轻人的脸色愈发难看了:"爸爸!车等着呢。我跟伊莲娜说你胃不舒服。我不知道还能拖多久,谁都不希望她发现——发现我所看到的这情景吧。"

"我来了!"克洛洛这位恩主气愤地吼了一声,"我来了,你这催命鬼!"

老人转身,随着他往外走去。即便如此,他最后考虑的还是克洛洛。他依依不舍地关上门,轻声与她道别,又把他之前的话重复了一遍:"你可别出什么事,小克洛洛。好好照顾自己。"

她站起来，拎着裙子在房间里跳起了华尔兹。裙子拎得太高，都露出了粉色的平角裤。她转呀转，来到一把倒在地上的椅子前，她绕了过去，又随手抓起一只酒杯，一饮而尽；第二圈转回来，又换另一只酒杯；两杯喝完，她不转圈了，朝放香槟的冰桶走去。她不是个酗酒的人，完全只是因为节俭。已经付过钱的上等香槟，就这样白白浪费了，实在可惜。

她背朝窗站着，一口香槟，一口鸡肉三明治。突然身后有什么响声，她猛地扭过头来，这房间的窗户对着露台的落地窗，服务员第一次进来的时候，就帮他们拉紧窗帘，以防被人看到。现在，窗帘一边露开了一条缝。她马上意识到有人趴窗偷窥到她了，她忍不住奔过去往外看。什么也没有，只看到窗帘缝透出去的光线照出的一条光带。

她又花了几分钟，狼吞虎咽地吃完最后剩下的一点儿鸡肉，这才走出房间。酒吧老板正在擦拭一只玻璃杯，看到她出来嘲弄地撇了撇嘴："这就走了？"

她用大拇指压着鼻子，从吧台前第三张凳子开始，一路冲他做着鬼脸，一直到她走出门口。

现在该回家了，她轻松地吹着口哨，塔巴林酒吧那粉粉的琥珀色灯光在她身后渐渐变得模糊起来，此时月朗星稀，夜晚凉爽舒适，多么美好啊。胸前那一百五十比索带给她的感觉更好，经过一个路灯时，她用大拇指指甲盖弹了弹中空的灯柱，以求好运。

灯柱发出几声空洞的回响,像管风琴的声音。

几分钟后她来到了圣拉斐尔街,那是一条曲折的卵石路。这时,附近教堂的钟声响起,在寂静的夜空中,这声音似乎从天而降,在空气中慢慢扩散开来,紧接着又传来第二声、第三声。

已经三点了,她不由得打了个寒战,加快了步伐。"死亡时间"开始了,忧郁时间到了,该是回到四周有墙壁保护的家里的时间了,她走下明亮的人行道,走在凹凸不平的街道中央,根本不在意旁边没有铺石板的下水道水沟,不一会儿,她便因这个决定而感到幸运。一个凹进去的门廊那边立着一个圆柱状的黑影,突然口齿不清地说了句:"嘿,走这么快干吗?"

"别过来!"她厉声说道,撒开腿,一口气跑到圣拉斐尔街的尽头。这里是一个小广场,有许多棕榈树,有一个供乐队演出搭的小台子,还有一座被灯光照得雪白的雕塑,刻画的应该是独立战争中的一位英雄,四周的弧光灯为它蒙上了一层朦胧的紫色光芒。这里像死了一样的寂静。

她抄近路从广场穿了过去,接下来她有两个选择:圣哈辛托街是回家最近的一条路,但和刚才那条路一样,这条路黑暗又悠长,走515大街回家会绕些路,但那里有明亮的路灯,偶尔还会有小吃店或饮品店开着门。以前她从不犹豫,总是选最近的路回家。可今晚,不知怎么回事,她心里毛毛的,有点不想去黑暗、偏僻的地方,她选择了515大街。这两条路交叉,正好形成了一个"V"字。

走了一会儿，她经过一个灯光昏暗的小饭馆，这是那种穷人们会惠顾的饭馆，这时，里面走出一个人，冲她打招呼。

"你好呀！是克洛洛吧？"

此人是她姐妹会的朋友，大家都叫她女巫。因为怕冷，她的头巾裹得紧紧的，要不是她嘴上叼着香烟，简直就像个修女。她站在那，双手插着腰。

克洛洛转身朝她走去。她很高兴能找到人陪她，至少就不害怕了，只是这样一来，她可能会更晚才能到家。

"什么事让你这么快活？"女巫问道。

"在外逍遥。"克洛洛调皮地笑着。

"回去吗？说说你最近怎么样。"

克洛洛弯起两根手指，亲吻了一下指尖，表示这简直无法名状，"多么美妙的一个夜晚！我撞上了财神爷了。"

"谁呀？哪个有钱人又胡闹了？"

"不是，是我母亲经常提起的那种人。"她用各种华美的词藻描述了一番那顿晚餐，只是故意略去了150比索那一部分，即便说了，她也不一定会相信的。"你知道吗？我都惊呆了，如果一切都如此完美，人们就会说：'福兮，祸之所存。要小心。'我可不希望这么美好的夜晚有个不好的结局。"

她们像这样站着聊了一会儿，夜色笼罩的人行道上就她们两个人，孤零零地站着。"没有了？"女巫等了半天，问道。

"是啊,我可不想一下子把运气都花光了!"

"我也不想,你还有烟吗?"

"我给你来点更好的,来吧,我请你喝杯热腾腾的咖啡,我一直觉得背后凉飕飕的。"

两个人又走进了女巫刚出来的那家小饭馆。里面除了店主,没有其他人了,店主看上去有些疲惫,袖子卷得高高的,腰间系着一条大围裙,一直拖到地上。她们找了张桌子坐下,桌子是木头的,磨损得很厉害了。

克洛洛一坐下来,首先把鞋脱了,双脚在桌下随意活动起来:"舒服!"

女巫无精打采地趴在桌上,用手弹走了桌上遗留的一根火柴,又在衣服上抹了抹手。

"这是我最喜欢的时刻,一切都结束了,你不用强颜欢笑,不必逼自己听那些无聊的讲话,也不必考虑接下来要说什么。"

"你是这么想的吗?我也这么觉得。"克洛洛附和着说,她没有伸手去端咖啡,而是把嘴凑到杯子边上,慢慢吸着那热乎乎、顺滑的咖啡,吸溜吸溜,弄出很大响声。

热热的咖啡流遍她的全身,她开始思考哲学问题:"好想知道一年后我们会在什么地方。""还不如想想明天晚上是什么样子。"女巫不屑地说,身子又往桌子上瘫下去。

"给我算算命吧,"克洛洛催促着,"快点儿,小姑娘!"

女巫斜倚在她身上,笑着说:"我知道了,你这个小滑头,这才是你请我喝咖啡的原因吧。"

克洛洛没有否认:"毕竟一个晚上也就能靠这个轻松轻松了。"

女巫把烟搁在桌子边缘处,"好吧,"她有气无力地说,"把手给我。"

"不要,用纸牌。我更喜欢用纸牌算,这样知道得更多。"克洛洛又冲着里屋的店主喊道,"老板,有纸牌吗?"

"有是有,可我要关门了。"他顺手关掉了一盏灯。店里本来就不怎么亮堂,一下子又暗了许多。

克洛洛扭过头,突然变得不耐烦起来,一点儿不像平常的样子。"你就不能等一分钟吗?那么急干什么?"她厉声说道。

"我想去睡觉了,"店主支吾着,"我这一大晚上睡不了觉,就为了伺候这两个妓女?"

克洛洛猛一拍桌子。"把纸牌拿来!"她花了钱,就应该得到相应的尊重,这是她第一次以顾客的身份使用自己的权利,她要把她应得的都讨回来。

店主拖着脚,慢吞吞地走过来,把一副脏兮兮的纸牌扔在桌子上。"再给你们俩五分钟。"他哼哼着说,返回里间的时候,又关掉了一盏灯。现在整间店子只剩唯一一盏灯了,昏暗的光从她们两人头顶照下来,其他地方都陷入黑暗之中。

"你会算命吗?"克洛洛急切地问道。

"很拿手的,"女巫双唇夹着香烟,洗了洗牌,手法十分老练,"切牌。"她发出指令,然后她开始看牌。

克洛洛胳膊肘支在桌子上,双手托着脑袋,十分认真地看着。只听女巫口中念念有词,突然她停了下来,接下来很长一段时间里她没有说话。

克洛洛的目光从纸牌移到女巫脸上。"怎么了?有什么不对劲的吗?"只见女巫把牌打乱,重新理好,打算从头再来。

"你这是干什么?"

"我想再试一次。"女巫笼统地说了一句。她又开始念念有词,又像刚才一样,突然停了下来,然后她又试一次,然后又停了下来,仿佛有些不知所措。

"你这样反反复复是在干什么?"克洛洛问道。

女巫轻轻摇摇头,也不知是问题本身,还是引发这一问题的具体情形,令她无所适从。

"它还在这儿。"她终于低声说道。

克洛洛看了看纸牌:"我知道了,可这个'它'是什么?"

"是什么东西,我也不是很清楚。总之不是好东西。等一下,我看能不能再看得清楚一点,黑色的,这代表有麻烦。这有四张纸牌,是四张方块,正好在你的上位。每次重新洗牌之后,这四张总是在你的上位,不管这是什么,它都缠着你,而且已经在路上了,离你越来越近。"她无奈地摊开双手。

克洛洛一下慌了神,不知该说什么,沮丧极了。

"等一下,我再试一下。"女巫伸手将纸牌全都拢在一起。

克洛洛僵硬地把头转向一边,望着窗外的夜色,"要是它又出现了,喊我一下。"她食指交叉成十字状,就这样坐着等着。

她焦急地等待着,她能听到纸牌放在桌上发出的微弱声响,整个饭馆都凝结了,只有一片寂静在这里流淌。克洛洛低着头,只看见地板上女巫手的影子上下活动着。

突然女巫的手不动了,纸牌也消失了,只听她说道:"它又出现了,一连四次。"

克洛洛缩了缩肩膀,"这里有穿堂风,"说完,她慢慢转过身来,头始终低着,似乎担心地上有什么东西会咬她,"你没有故意把它放上去吧?"

"纸牌都是洗好之后,一张接一张抽的,我干吗要那么做?代表你的牌一出现,就放在中心,其他接下来抽到的牌就摆在它周围,我如果作弊,这算出来的内容便毫无意义。"

"你是说它每次都在代表我的牌上方同一个位置吗?四次都是这样吗?""每次都在你上方,但不是同样的位置。你出来后,接下来三四张牌就是这个。这说明这事情已经开始了。"

克洛洛吓坏了,她一下子抓住女巫的手腕,结结巴巴地说道:"女巫,我的好女巫,你一定要弄清楚,要告诉我这东西是什么!再试试!"

她等了一会儿，见对方没说话，便开始发挥自己的专长，诱导她："四，会代表什么呢？是日期吗？今天是——我看看——"

"不是，不是日期，这里面有专门代表日期的牌，就在你上面第一排。按牌面看，这事情很快就会发生。"

"好吧，那会不会是男人？"

"不会，像J、K这样的花牌，才代表男人。"

"那会是什么东西呢？长着四只脚的？是不是说我会被一匹黑马踩到？"

女巫耸耸肩。

克洛洛打了个响指："我知道了，四，是指有四个轮子。我不能坐黑色的车子，不然会出车祸？"

"有这个可能。"女巫自己也不清楚会是什么。可不论是什么，这件事不仅困扰着她的朋友，她本人也很想弄明白这到底是什么，她可是非常认真地对待这件事的，或许因为这件事挑战了她的专业水平。她一直神情凝重地盯着桌上的牌，手里拿着还没用的牌，不时会用牙齿咬一咬嘴唇。

店主不知什么时候已经在里间睡着了，在两人交谈之中，不时穿插着他粗重的呼吸声。"这是你算的？难道你也看不出来吗？"

"我会看——只要继续算下去，方块代表麻烦或不幸；方块A，尤其要小心，那是死亡牌。"

克洛洛似乎松了口气："还好没有方块A，所以，或许我只要注意一下黑色汽车——"她抬头点烟,但手抖得太厉害,火柴的火把香烟一侧的纸都烧光了,还差点烫到她自己的嘴唇,"继续算,别收掉,再看看。说不定会看出些什么,就能更清楚一些。"

女巫闭了下眼睛,默许了,她抽出下一张纸牌。"这是财,"她又抽了一张,"这张牌说会有一趟行程或旅行,短途的那种。"

"是说我会得到一笔钱,然后去旅行吗?"克洛洛满怀希望地问道。

"不是,这两张牌是反的,也就是说,为了财,走回头路。你会为了财,回到某个地方。"

这次克洛洛没有说话,她自己在心里盘算着。"听着好像是说最近我会回去塔巴林酒吧,再次遇到那位可爱的老伯,再得到一笔——"

"继续,"她催促道,"下一张纸牌!"

女巫伸手从牌堆上抽出最上面那张牌放在桌上,手腕一转,亮出这张牌。

这张牌犹如一声惊雷在两人之间炸开了,虽然看不见,听不着,但却真真切切地让两人同时受到了震撼。

"等一下,你刚才说什么来着?"

克洛洛瞪眼睛,伸长脖子,想再看一眼牌面,可女巫已经翻过手掌,把牌压住了。

"别看了。"女巫突然把那张牌拿走了,只把空白处留给克洛洛。

"死亡牌。"克洛洛轻轻地说。

"它没有在你正上方。"女巫急忙说。

"但它在那张牌上方，那个四，而那个四紧挨着我，一个连着一个！"

"看看你的脸，"女巫责备道，"一点儿血色都没有，你就不应该让我——"她伸手把所有摆好的纸牌全都打乱了，再也看不出原来的样子，然后拉开椅子，烦躁地说道，"我们走吧。"

克洛洛没动，似乎没有听到她的话，眼睛仍然盯着刚才纸牌摆放的位置，那里现在空荡荡的，但她似乎还在看牌一样。她抬手撸起额前的刘海，向后滑到盘发的位置。整齐的平刘海被她弄乱了，留下一条三角形的空隙，露出了她的额头。

"好了，别这样。"女巫想让她开心点。

克洛洛终于抬起头，但并没有看她的伙伴，而是疲惫不堪地慢慢转向另一边，望着街对面那间店铺半透明的窗子，窗后的百叶窗已经拉上，把夜色挡在外面。

她快速摇了摇头，似乎想把什么从脑海中忘却。"我有种感觉，有人在盯着我，死死盯着我，刚才来这之前就有这种感觉。"

"也许只是路人往里瞧了瞧，看看佩皮托这里是不是还开着。我刚才一直面朝那边坐着，什么也没看到，你付好钱，我们走吧。"女巫不忘提醒她，这顿是她请客，"到外面，你会感觉好一些。"

克洛洛穿上一只鞋，然后在鞋子里一阵摸索，从破碎的鞋底里抽出一张一角钱纸币放在桌子上。

女巫已经推开门,走到外面,"外面一个人也没有,"她回过头肯定地说,"街上空荡荡的。"

克洛洛也跟着她走了出来,她将身上的短夹克往一起拉了拉,好像有点冷。除了她们二人,街上没有其他会动的东西。515大街在夜色下显得十分萧条,街道犹如一条蓝色的通道,在夜色中向远方延伸下去。

"夜晚的尾巴,"女巫面露愁容,"我讨厌这个,到下一个——"她突然身不由己地往边上踏出一步。

原来克洛洛一把抓住她的胳膊:"女巫,陪我走这边回家吧,走这边和走那边,对你来说差不了多少距离。"

"你这一下子是怎么了?"女巫虽然嘴上嘲弄她,可还是转过身,陪她一起走了。

"我也不知道,我就是有种奇怪的感觉,甩也甩不掉。"

"因为算命的事吧。"

"不是,遇到你之前就有了,只是没有现在这么强烈。还在塔巴林酒吧的时候就有这种感觉了。"

"我知道是怎么回事了,"女巫一副经验丰富的样子,"少喝点白兰地、烧酒这种东西,这些会先让你兴奋,然后令你低落。我刚入社会那会儿,也犯同样的错误。不要他们买什么你都喝,就喝点葡萄酒和低度酒。要是你喝醉了,那些家伙可是求之不得呀,如果你不加节制,就会发生可怕的事情。"

不知不觉两人来到了坡下。"我们要在这儿分开了,"女巫对她说道,"我就不陪你走回去了,今晚在外面逛得太久了,放轻松,不会有事的。"

说完,女巫便左转离开了,鞋跟敲击着路面,"嗒、嗒、嗒",声音回荡在人行道上。克洛洛继续沿着刚才的方向往前走,就在快完全看不到彼此时,克洛洛突然扯着嗓子喊了一声:"明晚见!"

"再说吧!"一个声音回荡在空旷的石板路上。

克洛洛继续往前走,她惊奇地发现,女巫走后,她似乎感觉好一些,并没有刚才那么害怕了。女巫有一种能令人沮丧的特质,大家都这么说,可能就是这个意思吧,也可能因为她缺少同情心吧。不是说她现在不着急,也不是说她不紧张,她现在可是既着急又紧张。回家的这条路很长,今晚似乎格外长,她在人行道上踢着几根筷子,这街道就像一根大管子,就像个扩音器,将这些声响送到远方。像这样,"嗒——啪嗒——啪——"突然,声音全都消失了。

那是什么?

一个黑影从她前面窜了出来,她还没反应过来,那东西便绕过她,直奔街道中间,然后站在那儿,一动不动地望着她,伺机而动,同时还挑衅似的发出一声低吟:"喵!"

克洛洛浑身一震。天哪!不会吧,不要今晚来呀!才看完那副牌！这东西从鼻头到尾尖，墨黑墨黑，浑身上下一根杂毛都没有。她浑身无力，一步一步往后退，直到退至墙边，伸手扶在墙上。她极力想走出它刚才画了一半的那个圈，免得被围在中间，同时还要避免和它跑的路线有任何交叉。

她刚退到与它平行的位置，那只黑猫突然又动了起来，沿着铺路石又跑出去一段距离，又跑她后面去了。

她将背贴在墙上，想不惊动它，从它身边通过。但那猫突然看到它的藏身地，又朝刚才跑出来的地方跑了过去，来到人行道边上的一个通风口，钻了进去，一转眼便消失得无影无踪了。就在她身后！这样一来，它跑过的路线便完完全全把克洛洛圈在里面了。

黑猫绕着她画了一个完整的圆圈，她现在哪边也不能去了，无论往前还是后退都会碰到它留下的厄运轨迹。

她呼唤着她的守护神的名称，那个给她名字来源的守护神。只是现在除了在她家那小屋子里，没有人这么叫她了。

"圣加布里埃拉，救救我！"她在胸前画着十字，想赶走厄运。据说，这比打碎镜子更可怕。

可她不能在这里站一晚上，事情已经发生了，霉运已经无法消除了。她鼓起勇气，低头作防御状，就仿佛要冲出一道火墙或冰帘一样，她甚至还用一只手将短裙又拉高一些，方便双腿活动。随后，她深吸一口气，冲出了黑猫的路径，停住脚步。现在自由了，但依然厄运缠身。

她回头望了一下,长出一口气,又继续踏上回家的路,几分钟后她便走到了笔直的正义大街。这条路斜穿过一片迷宫一般纵横交错的小路,这里很多房子是呈三角形嵌入的,与道路之间形成一个锐角,这是因为这里人口增长过快,现在她只要沿着这条路往外围走,就能到家了。

一路上,一会儿有路灯照着她,一会儿又落入黑暗里,不一会儿,前面又出现了路灯,有时路灯上方还有一盏路灯,那是因为那边有交叉路口,两盏路灯分别照着两个路口。一路上都很安静,她根本没有听到那辆汽车的声音,他一定是关掉了车灯,将引擎调到最低,慢慢在她后面滑行,他或许在某处发现了她路灯下的身影。

突然她听到滑嚓声,仿佛磁带拖在地上的声音。她猛地转过身,那辆车就在她身后几米处,慢慢地跟着,车灯已经关掉了,这样就不会被她发现了。这时车灯突然亮了,射向她,把她从头到脚照得一清二楚,随后又调暗了,她不知所措地站在那儿,用手遮着眼睛,什么也看不清。

车灯照过之后,结果并不可怕。车子停了下来,车上有人走下来。她隐约看到这人头戴一顶时髦的折边帽,看上去似乎很年轻,甚至有些像青少年。一定是有钱人家的儿子,初入社会,想找点生活体验。这一点不难确定,因为他本可以安安稳稳坐在车里,喊她过去，可他却下车，站在车门处等她。还是没什么经验。这样的人可是真正的金矿，能遇上一个，可是交大运了。

"嗨，小姐，要不要和我兜风呀？"她猜得没错，这声音一听就很年轻，还有点紧张，却硬要装出一副情场老手的语气，但明显运用得很生硬。出于长期的职业习惯，和她目前的境况，她不由自主地迈步上前，准备和他谈谈价格，可她突然想起了什么，一下子停住了脚步。

"这辆车是什么颜色？看上去像是——"

"黑色，"男子很自豪，"很美吧？"

"快滚开！"她突然惊恐地尖叫着，"开着你那玩意，赶紧滚！哎呀，老天爷呀，别让这玩意靠近我！"她撒开腿一路跑开，仿佛后面有恶鬼在追赶她。

"这可是辆西斯巴诺。"男子在后面气愤地叫喊。她回头看了一眼，确定他没有开车追上来。他站在那，望望她，又看看车，看看车，又抬眼望望她，怒不可遏。他甚至冲着她愤愤地挥了挥拳头，她的话一定刺痛了他最敏感的部位。

她一路跑着，离那辆黑色汽车越远越好，一口气跑出一个街区，跑得她上气不接下气，脚步也渐渐慢了下来。她刚才如果上车的话，估计不出五分钟，就会引起爆炸，活活把她烧死在车里。

她跑得太快，长筒袜都滑了下来，她不得不弯腰把袜子往上提一提。夹克衫滑下肩膀，里面的套头衫也歪在一边。她整了整衣服，喘着粗气，又继续赶路。

终于就要到家了，那座小屋就在前面不远处。那是一座一层的小屋，有两个房间，四周是用砖砌起来的，刷着石灰，屋顶铺的瓦片都碎了。他们家再往前去，就没什么人家了，这边的土地不值钱，也不知道有没有人买了这块地。她家门口有一块空地，那里到处是旧汽油桶和碎玻璃瓶，有几株向日葵在这一片狼藉中，生长起来。这里通常都晒满了衣服。这就是她的家，她爱这里，喜欢回家的感觉，她之所以去酒吧陪人喝酒，就是为了这个家，她带回来一百五十比索，有时候是一比索五十分，她从来不从家里拿钱，只会从别处带钱回来。从这一点就可以看出，"家"在她心中的地位，当然，他们有一天会在别处安家，但这种家的观念、家的体系应该都是一样的。

家里那只杂种护院狗听到她的脚步声，慢慢爬起来，冲着她吠了一声，似乎又有些胆怯，谨慎地和她保持一定距离。"别叫了，科内霍，是我。"科内霍一下子变得亲热起来，摇着尾巴围着她跑，直到她进屋关上门。

她先要穿过地上四散的小床，幸好她知道这些床都摆在哪里，家里的老母亲总会为她留出一条道，方便她走到自己的床铺。只有一次，她踩到了别人的手，而那只是因为那个人睡着后，滚到了别处。走到床铺前，她发现有个小家伙睡在她的床上，她倒是不介意她不在的时候他们睡她的床。她摇了摇这个小家伙，低声命令道："起来，小不点，我回来了，回你自己的地方去！"小孩子爬起身，迷迷糊糊地往前走。克洛洛在自己的床上坐下，脱掉鞋子。

她伸了一个大大的懒腰，打了个哈欠，长吁一口气，回到家的感觉真是太棒了！她瘫坐在那，一动不动，半梦半醒，晚上的情景如万花筒般在她的脑海中一幕幕跳出来，毫无章法。

"你会喜欢哥本哈根的，我要带你走……你一开始在这，可后来你又换到别的地方了……注意你的举止，坐最里面去，他可不是老烟鬼，知道吗……爸爸，车子在外面等着，我怎么和伊莲娜说！再给你们五分钟，我要关门了……嘿，小姐，要不要和我去兜风？这可是辆西斯巴诺……"

一百五十比索，如果像这样的事情多来几次，她就可以不干这行了，甩得一干二净。她肩膀一缩，外套滑落下来。随着小床"吱呀"一声响，她突然一下子坐得笔直，睡意全无，惊恐万分。她双手摸着胸前中空的地方。

没有了！

她发出一声压制着的惊叫，但这还是传进了另一间房间，她母亲在里面翻了个身，疲倦地问了声："加布里埃，你回来了？怎么了，受伤了吗？"他们不喊她克洛洛，他们甚至不知道她还有这个名字。

她重新穿上鞋，这太可怕了，她甚至忘记了哭泣和尖叫，这种惊恐是整个神经丛的反应，她所能做的只是紧张地大口喘气，就像刚才飞奔之后一样——

　　就是这个！为了躲开那辆车而飞奔。一定是那个时候，她只在那时候快跑过，就因为她跑得太快了，才把钱丢了，她的长筒袜滑下来了，套头衫那时候也扭到一边了，一定是那时候那笔钱滑了出来。

　　她打开门，四张方块什么的都不能阻止她，什么黑猫，什么黑色汽车，她现在什么也不怕；钱，衣食有着落，这些才是眼下最重要的，甚至比死亡更令她紧张。正要出门时，又传来母亲的声音："我的女儿，你又要出去？小心点，很晚了——"

　　"出去一下，马上回来睡觉，我马上回来。"她心不在焉地答道。挣钱养家的人没时间害怕，也没时间解释，让其他人为她担心吧，她要去解决她的问题。

　　她往市中心走去，脚步匆匆，没时间喊累，她走路的样子仿佛下午三点，精力充沛，她满脑子都是那笔钱。她脑子很好，应该是的，只要好好加以训练。"在塔巴林跳华尔兹的时候，钱还在，我可以肯定，走的时候我还摸了摸。和女巫坐在小饭馆的时候，钱应该在，她的手一直放在牌上，没有靠近过我。一定是我躲开那辆可恶的汽车的时候丢的，就是那时候，也只有那时候了。"

　　还好她知道当时那辆车停在哪儿，那男子是在她经过雷德罗街时朝她走过来的，然后她便一路狂奔，一直跑到圣马可街那个路口，似乎是在正义大道右手边那一带，她慢下来的。

这里，从这里开始。她减慢速度，低着头，像个摆钟一样，在黑乎乎的人行道上，一寸一寸地搜寻开了，从墙根到马路边，不放过任何角落，任何凹凸不平的地方，任何石头缝隙，只要可能会隐藏东西的地方，她都要弯下腰仔细检查一番，甚至伸手去摸一摸。

时间一分钟一分钟地过去了，城市的夜越来越深，她的双脚像扫帚一样，前前后后地运动着，似乎整座城市就只剩她的脚步声。

突然她脚下一低，马路道牙出现在她眼前。她抬起酸痛、僵硬的脖子。这就到了？已经走到另一头了？没错，是这里，这里就是那辆汽车当时停靠的地方，它还在这里打灯照她。

说不定那名男子把钱捡走了，可他并没有追上来。他在车边站了一会儿，便上车开走了。而那个时候，这里应该不会有人还在闲逛，钱应该还在某处，一定还在。等天一亮，等第一缕曙光照在这街上，那笔钱一定还在某处，她不会停止搜寻的，一定要找到那笔钱。

她转身往回走，一直走到圣马可街转角处，又折回来。这时她彻底放弃希望了。钱找不回来了，如果那笔钱还在这里，她早就该找到了。她站在人行道上，内心崩溃，如一片秋叶在风中摇曳，眼泪再也抑制不住，滚烫而苦涩的眼泪夺眶而出，她心如刀绞，这种痛苦是那些衣食无忧的人无法想象的。

她走到墙角，脸埋在墙上，痛苦不已，她整个身子靠在墙上，双脚不由得踮起脚跟。她一只手横挡在头上方，另一只手拍打着这石墙，恨它没心没肺，不解风情，棱角还那么尖锐。

一整晚的辛苦都白费了，所有那些挤出来的笑容，所有那些磁力波，所有那些演出的人物所放的电，都白费了，什么也没带给家人。

哭声渐渐止住了，痛苦的拍打声也慢下来，最后也停了，她尽力想使自己平复下来。这也算不劳而获之物，至少现在没有比以前更差，可这样想并不奏效。"那是我的钱，"她哽咽着，头依旧埋在墙上，"那已经归我了，怎么能就这样没了？"

她肩膀用力翻了个身，身子仍靠在墙上，两眼无神地盯着远处。今夜老天欠她一笔钱，她必须要得到一些回报，来弥补她的损失，不论能弥补多少，她要等到那一刻，她可不想空着手回去。这要命的中产阶级所谓的节俭，不论得到什么，半张一元、讨来的一根烟、什么都好，否则她是不会回去的。

正义大道从上往下无情地横穿这城市破败迷宫一般的区域，这里所有的破旧巷道都与它相接，不是呈直角交叉而是斜叉过来，就说她现在所在的这个路口吧，圣马可街便在这里与正义大道交会，两条路形成一个不超过十五度的夹角。她所倚靠的这堵墙就仿佛是转角处的针尖，圣马可街并不需要转过街角，它就在她背后，就在这面墙后面。

她站在那儿，在这个忧郁时段，在这夜晚的死亡时间，下定决心要找回一些补偿。这时，她听到墙后传来踩在松软的泥土上的声音，还有踏上碎石子的声响。有人过来了，正顺着圣马可街边上没有铺石板的地方向她走来，很快就要转过弯，来到她面前了。

不管来人是谁，她今晚一定要得到些什么，不讨到些财物来补偿她的损失，重建一下她破碎的自尊，她是不会放过这个人的。她抬手在眼睛上抹了几下，快速擦干眼泪，然后打开包，掏出口红，急急忙忙涂着嘴巴。她打算展现出她甜美的微笑，和和气气地把对方拦下来。这人似乎已经来到街角了，因为她已经看到那"针尖"处的小石子和鹅卵石开始移动，仿佛有缓缓的水流涌出。

马上就要与此人面对面了，她只要伸手向后一探，就应该可以碰到他贴着墙的身体了。

口红涂好了，她的美丽笑容也准备好了，她转过脸来，眼睛半闭着，期待与对方的相遇。

曼宁早上七点乘出租车赶到出事地点，警方已经将她的尸体带走了。在朝阳的映射下，圣马可街和正义大道狭窄的夹角处，呈现出一片水上日出般的景象，淡蓝的天际衬托着桃红色的朝阳，将这四周的人脸照得粉粉的，就连他们映在地上的影子都是淡蓝色的。

正义大道这一侧转角的墙上，还有另一个颜色：仿佛有人不小心将某种熟透了的水果扔到了墙上。

附近围观的人不多。一名印第安农民带着一篮柿子，打算去赶早市，经过这里时，往这边看了一眼，便张嘴呆在那里，挪不动腿了；街道对面人行道上，一位清洁工朝这边看着（握着扫把），他偶尔会挥动扫把扫几下，然后就停下来，继续观望；那边三楼阳台上站着一位胖胖的女士，一边梳着乱蓬蓬的长头发，一边往这边望着。就这几位，其余的都是来执行公务的相关工作人员。

这一次并没有人通知曼宁，而他的出现很显然并不受欢迎，罗布尔斯看了他一眼，冷冷地说道："你又来了？我们有工作要做，你不介意的话，请局外人（非相关人士）不要随意发表意见！"接着他又问了一句，"你是什么人，会读心术吗？你是怎么知道的？"

"全城都传遍了。一位送奶员告诉了餐厅服务员，而这位服务员每天早上都会从街对面送咖啡给我，他又告诉了我。所以这次又是谁？"

"一位酒吧的常客，名叫克洛洛，一位夜场女郎，可怜的姑娘。我们这里的门德斯认识她，是不是门德斯？"

门德斯垂下眼睛，不好意思承认："只是出勤时见过。"

曼宁注意到折椅上铺着报纸，上面放着一些小物件。"这口红是从哪来的？"曼宁看了一会儿，接着又问，"还有其他东西掉出来吗？"

"没有了。"

"找到的时候，包是打开还是拉上的？"

罗布尔斯很聪明，但又有些轻率。他伸着一根手指对周围的人说道："啊，这个美国佬，他提出了一个很好的观点。我们找到包的时候，包的拉链是拉着的，也就是说，口红不是自己掉落出来的，而是她自己主动拿出来的。"他轻轻摆了摆手，接着说道，"但是，这只是一个细节问题，对整个事件没有影响。"

"是呀，完全没有影响，"曼宁狡黠地顺着他的话说，"只不过证明了是一个男人在这个角落杀害了她。我想，她应该不会因为一只四足动物涂上红唇吧。"

罗布尔斯的手在身侧轻轻拍了一下，看也不看曼宁一眼，大声对刚刚围过来的同事说道："又来了，我该怎么处理这只在我耳边'嗡、嗡'乱叫的大黄蜂呢？门德斯，西普里亚诺，一边一个，架着胳膊，对，就是这样，把他架去出租车那边，扔进车里，看着车子把他带走，去他该去的地方。"

罗布尔斯没有开玩笑，他的眼角和嘴角气得惨白，他这次严肃极了，或许，这也和一大早就工作有关。

可曼宁完全不生气，"你的观点一定经不起论证，"他连嘲带讽地说道，"别人提一点看法，它就站不住脚了。这是干吗？担心你的观点被推翻吗？把手拿开，这里是公共街道，我想待多久都可以，我有这个权利！"

这样下去两个人很可能就要闹翻了，幸运的是，这时候发生了一件大事，每个人都将此事抛在一边了。

随着一阵喇叭声,马路上汽车停靠的那边发生了一些骚动,只见警察局长从一辆布加迪汽车上走下来。这辆布加迪美极了,一定是战前最后进口的一批。人群一下子安静下来,每个人都原地立正,集中注意力。在一群部下的簇拥下,警察局长朝着这边走了过来。

他个子不高,精瘦结实,文质彬彬,讲起话来声如洪钟,气息悠长,非常适合指挥大部队。对墙上和地上的印迹,他只是很快扫了一眼,便盯着面前这些办事人员。他透过眼镜镜片狠狠地瞪着他们,就像阳光下的一只愤怒的猫头鹰。

"分局长,这里是你负责的?"漫长的停顿之后,突然响起他雷鸣般的声音。

"是的,局长大人。"罗布尔斯战战兢兢、低声下气地回答。

"这种事还要发生几次啊?这个恶魔一定要消灭。我限你在二十四小时之内带着它的尸体来见我,清楚了吗?"他抬起头望了望周围其他人,也对他们说,"你们都清楚了吗?市长和整个市政厅都对此事表示关注,并在你们搜寻的同时,发榜悬赏捕猎黑豹的人。这是在打我们警察局的脸呀!这件事已经引起了全城恐慌,而且马上就要到旅游季了,这会造成无法估量的损失,游客都不会选择这里了!"

他回到那辆布加迪轿车旁,最后又补充道,"这件事有什么复杂的!如果你们这么多警力的头脑还比不上一头黑豹,那就说明你们分局从上到下都该换换了。"

罗布尔斯神情沮丧地坐在办公桌前，眼睛盯着面前这则市政厅新出的海报样稿，这是刚刚从印刷厂送来的。这海报非常大，两边都垂在桌子侧面，底色是显眼的黄色。很快，这样的海报就将贴满各个广告栏、标识牌以及空白墙面。

这上面印着几个黑色大字：公告。下面有许多小字，最后在右下角又有几个黑色大字：赏金一千元。

曼宁得到允许走进他的办公室。他知道罗布尔斯内心挣扎，再加上目前的情形，他只能让步了。

"我还是不认同你的观点，"罗布尔斯说完，一拳打在桌子上，显得十分绝望，"可是现在涉及我的职位和工作，我不得不试试各种可能性，即使有悖于我的理论，我也不想错过任何机会，这后果太严重了。"

"等一下，"曼宁立即回应说道，"我并没有指责之意，你知道吗？我有一个怀疑对象，但我没有任何实质性证据指控他，我所能提供的只是有可能犯罪的情况。我四处打听过了，以我私人的名义，你懂的。我发现，这个人总是喜欢在晚上去城里，很频繁，但没有规律。"

"这根本谈不上犯罪，每天有成千上万的人，不分昼夜，在城里进进出出。"

"你说得没错,"曼宁温和地说道,"有些人有固定的时间,比如说每周六晚上,又或者每周日,有人一周进两次城,还有一些人是没有计划的、随意的。他就是这样,想去随时就去了。就像你说的,不论哪一类人,都不构成犯罪。"

"接着说。"

"我们随便来看他最近三次进城的时间。这都是真实有效的,你可以相信,我可是想尽各种办法才弄到的:跑那条线路的公交车司机、餐馆老板,等等,诸如此类的。来看看你感不感兴趣吧。"

罗布尔斯盯着面前的海报,几个手指交替敲着桌边,认真思考着。

曼宁拿出一个破破烂烂的信封,看着信封的背面:"五月十四日——"

罗布尔斯一下子抬起眼。

"五月二十六日——"

罗布尔斯的头也抬起来了,伸直了脖子。

"六月十八日——"

罗布尔斯直起身子,站了起来,随后又向前俯下身,手掌撑在桌子上,停了一会儿。

"特蕾莎·德尔加多是在五月十四日夜丧命的,康奇塔·孔特雷拉斯遇害于五月二十六日,那个叫克洛洛的女孩是在六月十九日破晓时被发现死亡的。"他瞪大了眼睛,望着曼宁,"一次,你可以说这是巧合；两次，你也可以称他有可疑；但三次，你说该叫什么呢？"

"这个，我可不知道。"曼宁不紧不慢地说道。

罗布尔斯用手指打开桌上对讲机的开关。

"把胡安·卡多佐带回来，他是克吕阿农场的工头，距这里大约五十公里，走高架路一直走就到了，不是逮捕，只是带他来询问情况。"

常年在日头下面劳作，他的皮肤被晒得红黑发亮，他进来的时候，还是警员在农场找到他时的打扮，蓝色棉质工作服，领口的扣子敞开着，一边肩膀处有一个披风的设计，灯芯绒裤子，腰间系着牛仔们最具代表性的浮雕皮带，头戴一顶变形的毡帽，帽边都卷了，应该是经常被雨淋湿又被日头晒干的结果，这顶帽子估计他一直带着。

他长着又黑又硬的小胡子。一路过来时间较长，他们偶尔会同意他抽根烟，让他记得这些他目前还能享受的安逸，换句话说，就是暗示他，只要老实交代一切罪行，他随时可以重新拥有这些享受。每次获准抽烟时，他都会从口袋里掏出一片纸，慢慢地、很享受地为自己卷一根。他卷烟的动作很老练，甚至可以说很优美，看他卷烟也是一种享受。

"在一次骑马巡视的时候，发现它的。"曼宁悄悄走进讯问室，听到胡安正在说这些。严格讲，曼宁没理由待在这儿；严格讲，警方也没理由把卡多佐扣留在这儿，至少目前没有理由。

"它母亲被打死了，它就站在它母亲尸体旁发抖，那时候它就是一只幼兽，黑黢黢的。我把它抱回农场，养了起来。一开始，我们把它养在屋子里，像养小猫一样；后来它长大了，我就在外面弄了个围栏，把它养在里面。后来有一天，这位先生过来，正好看到它。他问我能不能给我二十五比索，借它用一下。他想让一位女士开车带它去炫耀一下。"

"谁喂它吃的？"罗布尔斯语调阴郁地问道。

"是我。"

"那它认识你啰？"

"当然，动物都认得喂养自己的人。"

"喂食的时候，你和它说话吗？"

"当然，和你们喂宠物时一样。"

"它有名字吗？"

"大黑。"

"也就是说，它认得你，和你很熟，你比其他任何人都更容易接近它，是这样吗？"

农场工头感觉有些不对，连忙修正："任何人都可以接近它。我们那儿的人都行，这位先生当时也轻松带它回城了——"

"我们还是回过头来说说日期的事吧，"罗布尔斯故作轻松地说道,"你说你五月十四日晚上在哪里?"

"我刚才就说过了,在午夜之星餐厅。你们可以去问问那天在那里的人,埃波利托、贝尼托·多吉格斯,他们都看见我了——"

"我们问过了,别担心,"罗布尔斯像尊坐佛一般,平静地说道,"那个酒馆里没有时钟,他们的确看到你了,不过是在傍晚时分,可在那之后呢?"

"酒馆关门后,我和其他去酒馆的人一样,倒在街上某处的墙根下,睡着了。"

罗布尔斯为难地抓了抓耳朵,似乎有些不知所措,不知道接下来该说什么。曼宁在后面观察着。全都是假的,他心里很清楚。"我们先不说十四日晚上,这样下去也没有任何结果。说说二十六日吧。"

卡多佐凶狠地看了看站在他周围那几位。"这个我也说过了。他们是想控告我这三次进城,而不是那一次呀。好吧,我当晚在多娜·莎拉的店里。"

"说说看,你是不是计划和那儿的一位姑娘私奔?"

"你在开玩笑吗?谁会和那里的姑娘——"

"警察从不开玩笑。"罗布尔斯冷冷地说,"那为什么你在那里时,有人看见你腰间缠着绳索?"

卡多佐的嘴张了张,但只发出两个毫无意义的字:"我——我——"

罗布尔斯并没有给他反应的时间,他加快语速,问道:"为什么你去酒馆那晚还带着一袋生肉?你打算喂谁,你自己吃吗?"

"不是,我——我——"

"那袋肉后来去哪儿了?你早上乘返回克吕阿的公交车时,那袋肉已经不在你手上了。那绳索呢?你回程时绳索也不见了。"

"绳索——一定是在多娜·莎拉那里被人偷走了——那里经常发生这种事,什么都偷,任何有价值的东西。生肉——或许我在酒馆外的路边睡着的时候,被野狗野猫叼走了。"

"你带这些东西意欲何为?是不是在城里某处,你藏了什么东西,而你需要用绳索拴着它?是不是?说!"罗布尔斯大吼起来,"是不是?"

曼宁从没见过一个人表现得如此害怕和惊恐。"我——我——等一下,不是,不是这样。我承认,我确实想,也确实希望大黑活着。我想说不定我会撞上它,就扔块肉给它,然后用绳索套住它,再想办法把它带回农场。这只是一时冲动产生的愚蠢的突发奇想。但不是你说的那样,绝不是你们想的那样,"他看看四周的人,恳切地说道,"先生们?你们到底想要知道什么呀?我知道,我早就知道。只是我不说,你们也不说。我进城的次数多了,除了那三次,你们怎么不问问其他的?"

"很好,"罗布尔斯随和地说道,"我们会问的。"他查阅了一下资料,又继续说道,"比如说,你五月二十日也进城了。"

"是的，是的！"卡多佐连连点头。

"你那晚有没有带绳索？有没有带生肉？"

他没有回答，那便是没有了。

"你三十一日也进城了，那天带了吗？"

卡多佐的身子抖了一下，他低下头，似乎在认真观察脚尖。

"只有在出事的三个夜上，你带着这些可疑物品进城了，其他时候都没有！"

卡多佐一下子跳了起来，周围人伸手想让他坐下，但他腰挺得笔直，直视着他这位审讯官，虽然他不时还会颤抖一下，但骨子里透着尊严和骨气，就连曼宁这个局外人也能感受到。有那么一瞬间，你恍惚觉得这里不是一群警察围着一个嫌犯，而是一群男人围着另一个男人。"我杀过人，没错。为此，我在牢里关了两年。出来后，我就回了老家。是因为一个女人，任何男人都会这么做的，但不是这种！杀人是为了报仇，是为了匡扶正义，洗刷冤屈，对你根本不认识、从来没见过的人，有什么仇、什么冤屈可言？也有人杀人掠货，有这种人。但还有什么理由要杀人呢？"

曼宁不知何时从口袋里掏出一把小锉刀，懒散地靠在门上，修他拇指的指甲，"有人杀人只因为嗜血。"他冷不丁冒出这么一句。

所有人的目光都聚焦到了他身上。曼宁的视线也从锉刀上抬起，慢慢看向他们。有什么地方不对劲。只见他突然用力摁住拇指下面肉多的地方，弯下腰来，嘴里还轻声用英语咒骂了一句，锉刀"啪"的一声掉在地上。

他走上前,来到灯光下,捂着自己割出的伤口,似乎想仔细看看。然而,他一开口却是接着受伤前的话继续说道:"只是喜欢杀人,只为杀人,因为他们嗜血。血会让他们感觉妙不可言。"

他拿开捂在伤口上的手。锉刀在手上划出一道伤口,伤口不是很深,但鲜血直流,顺着手往下滴。他看似无意地将受伤的手伸长,探到卡多佐的面前,好像只是不想弄脏自己的袖口。

卡多佐不断眨着眼睛。一个人感到不舒服的时候便会这样。接着,当鲜血直流的伤口快碰到他的鼻子时,他立即将脸转向一边,一脸厌恶的表情。

谁也没有说话。大家都心知肚明。

罗布尔斯轻轻叹了口气,"带他出去,"他说,"先到这儿吧。"门要关上时,他又冲工作人员说,"看看有没有酒精,给这美国佬处理一下伤口——"

"没事,"曼宁说道。他用手挤了挤伤口处的血水,对着那又吹了吹,"接下来你有什么打算?放了他?"

"继续关押,"罗布尔斯念念有词地说,"让你的理论一点一点被自己的理论推翻。"

"我不明白你想说什么。"

罗布尔斯冷笑一下:"如果在他关押期间,这一暴行就此戛然而止,那是一回事;但如果案件又再次发生的话——"

萨莉·奥基夫

科里恩大街的英国大饭店里，萨莉·奥基夫打开她们房间的落地窗，欣赏着窗外明信片一般迷人的夜景。

萨莉整个人靠在窗框上，胳膊陶醉地伸到窗外，她个子不高，身形瘦小，红棕色的头发，蓝眼睛，两颊上的几处雀斑为她增添几分调皮的神态。

"玛吉，太不可思议了！这不是真的吧？有人专门为我们绘出了这窗外的美景。"

在一片霓虹斑驳朦胧之中，纵横交错着一条条白炽光线条，仿佛一道道放射元素划过留下的光痕。这一道道光痕其实就是这城市中的各条街道和主干道。夜幕四周围绕连绵起伏的山脉的黑影，只在西边仍有一些蓝绿色的光芒，似乎那里地平线下有火焰燃烧，火光映射在天幕之上，天空拱顶之上已然夜色茫茫。而这亚热带温暖的夜空也是多姿多彩的，繁星满天，仿佛撒上去的亮片彩纸，密密麻麻，令人眼花缭乱，犹如火箭升空以后的天空。

"这样死去，也是幸福的！"窗边的女孩给出了最高级别的赞美之词。

玛乔丽·金是萨莉的旅伴，她比较实际，正对着化妆镜喷香水，听到此言，不由得面露微笑，玛乔丽肤色较深，但相比另一位的相貌平平又傲慢无礼，她不仅长相姣好，而且举止端庄；即使坐下来，她也比那位女孩高出一个头。剧组导演对她们两人的差别一定会有更深刻认识：玛乔丽是那种当主角的料，而萨莉只能演小女仆的角色。当然她们两人都和演戏这行业没有一点关系。萨莉是一家收割机公司副总裁的私人秘书，玛乔丽则是一家名为甘妹的手工糖果连锁店的分店经理。这是全球最大的糖果连锁店，除了吃这一步，其他全部采用机械化服务。两人都是工作多年以来第一次出来度假。她们计划了很久，工资攒了很长时间，也延期了很多次，就差给各自老板发恐吓信了，这才争取来的带薪假期。她们选择了自由行，这样就不会有导游安排行程，也不用参加走方阵一样挤在一起的游览团。

"你又想起那不勒斯了吧？"玛乔丽说道，"不管怎么说，如果这真如你所描述的那样,为什么一定要用死来表达呢?"

"只是个比喻,语言表达而已,"萨莉说着,依依不舍地转过身,朝她朋友走去,"你要是和我有一样的感受,你就明白这样说的意思了。我从没有像现在这么活力充沛!这地方一定有某种魔力,能激发出你身体里的活力。我们今晚干什么?"

玛乔丽站起身,准备好出发。"今晚轮到你做决定,难道你没计划?这可是我们说好的,你没忘吧?一晚听我的,一晚听你的。"

萨莉仍在自我分析,她朋友已经开始将房间的灯一一关掉。虽然住宾馆,但这个习惯她们一时还改不过来。"我有种感觉,浪漫的感觉。一定是外面的美景带给我的感受。今晚不去那些嘈杂、吵闹的娱乐场所或夜店。我想要一种田园的感觉——对,就是这种田园诗般的感觉。"

"巴氏消毒法?"玛乔丽开玩笑地说着,又抓起一件外套。

萨莉在她腰后推了一下,接着说:"我听人提起过,城郊公园里有个地方,可以在室外的树下用餐。听说那里很美,有五颜六色的灯笼。我们这次不要坐出租车了,坐老式马车过去,享受一下城里的月光。出租车尽是汽油味,而且开得太快。没错,我想要的就是这种感觉。"她最后还不忘总结一句,"坐着老式马车,慢慢地、优哉游哉地,徜徉在月光中。"

"那地方有多远?"玛乔丽问道,"听说这里有个吃人的东西,是从动物园还是什么动物农庄跑出来的,会在僻静的地方跑出来害人。今早你不在的时候,整理房间的女工'叽叽喳喳'地说个不停。我也没怎么听清楚,就三三两两听懂一些。你知道的,这里的人语速很快。"

"噢,那个呀。美国运通的人让我别信这个,说这全是骗人的。我这次来度假可是要好好享受一番的,没什么牛鬼蛇神的故事能阻止我。"

她拉开门,等她的朋友先走。"东西都带齐了?别忘了带点'猫薄荷',说不定会有什么艳遇呢?"她挑逗地说道。

玛乔丽被她逗得哈哈大笑。两人朝电梯走去。

来到楼下大厅,她又提出:"我们去前台问问,看看那地方到底在哪儿。"

看到她们走上前,前台工作人员彬彬有礼地鞠了一躬,头低得都可以看到白白的发际线。

"我们听说这里郊外的公园里有一家户外餐厅。那里怎么样?我们想去那里坐坐。"

前台人员没有正面回答:"两位小姐去过塔巴林或者抉择酒吧吗?我可以肯定这里——"

"那不是夜店吗?"玛乔丽反驳道,"我们回家也可以去夜店。我们想找个有特色、有气氛的地方。"

"我知道你们说的那地方。"他有所保留地说,"那是马德里餐厅,在森林公园——"

"那里怎么了？"萨莉性子直，直接插嘴打断了他。

"啊，没什么，没什么，"前台人员慌忙回答，"那地方只是有点——怎么说——有点偏远，远离大路，很偏。两位小姐有人陪伴吗？或许我可以为两位安排——"

"不，不用，我们不需要请任何陪护，"萨莉扮了个鬼脸，"我讨厌被人看着。"

"不知为什么，这个年轻人似乎不太想让我们去。"玛乔丽虽不确定，但仍笑着对萨莉说。

这一次，这位工作人员并没有否认。

萨莉·奥基夫仍是一副萨莉·奥基夫一贯的表现。玛乔丽知道她一定会这样。"天黑后，还是有人去那里，对不对？"她责问这位工作人员。等他点头承认了，她又挽着她朋友的胳膊说："那我们也要去！帮我们叫一驾老式马车。"说完，拉着玛乔丽便往外面走，去等她们的马车了。

出了大厅，玛乔丽实在忍不住笑出声来。"你知道吗？他一直想劝阻我们，但他又不能说出真正的原因，估计是担心我们会缩短住宿时间。你一直都这样，只要有人劝你放弃一件事，你就偏要反其道行之，非要去做这件事。"

"蒸汽压路机萨莉，"这位瘦小的女孩狡黠地笑着说，"那就是本人。"

说着，两人登上马车，在后排坐下，又把车顶的遮阳篷收了起来。这样,她们抬头便是夜空。

"他刚才说那地方叫什么名字?"

玛乔丽替她告诉马车夫她们要去的地方。"去马德里餐厅。"车夫扭过头来,好奇地瞥了两人一眼,随后一挥鞭子,沿着街道平稳地向前驶去。玛乔丽注意到了车夫回头看的动作,或许是因为她们的盛装打扮,又或者因为她们没有男士陪同,不过她更倾向于另一个想法,是因为她们要去的那个地方,车夫才扭头看的。

"我说得没错吧,"萨莉欣喜地说道,"换成马车,感觉是不是很棒呀?"

不可否认,马车跑得既平稳又安静,比汽车舒适多了;而且,她们还可以更好地欣赏四周的景物。这些马车,虽然已经没有实际使用价值,但远比博物馆里那种破败不堪的展示品好多了。车轮是橡胶轮胎,车体保养得很好,锃明瓦亮。在雷阿尔城,马车并不稀奇,每天天黑之后以及周日下午,街上到处都是它们的身影。

大街上十分热闹,灯火通明。马车慢慢行驶了大约十到十五分钟之后,她们看到一个街心花园,或者说一个圆形的开阔处,四周围绕着一圈多头路灯。这里叫巨门,是这个城市的一座城门,但其实这里既没有城墙,也没有大门。绕过这里,正前方便是森林公园正门。这座偌大的自然公园是仿照巴黎的布洛涅森林公园修建的,是当时巴黎之风引领服装等各个领域潮流的证明。

森林公园里的主路上,满是出租车、敞篷车和豪华轿车。这里的交通和城市要道一样，十分拥堵。

"看看，这里有什么问题？"萨莉开心地说，"你觉得这里是可爱呢，还是可怕呢？真想把那个前台工作人员臭骂一顿！"

"这里不错，感觉好像竞选日那晚的时代广场。"玛乔丽笑着回答。

"多美的夜晚！"萨莉简直欣喜若狂。她放下对面的座椅，双脚搁在上面，兴奋地看着前面，又望望后面，天空中一轮血红的月亮渐渐从树木顶端探出头来。

这时，五颜六色的灯笼随处可见，数不胜数。这些灯笼都系在一根靠近地面的绳子上，像绑气球一样。马车转上一条小路，树木渐渐稀疏起来，突然一片树林映入眼帘，犹如一个倒置的花坛，下面摆满了一张张的桌子，中间有一座亭子。亭子的入口开在一侧，里面也摆着桌子，人声鼎沸。怀旧的探戈声在夜色中飘荡，辨不出方向。亭子中间站着一些人，他们围在一起跳舞。之所以认为他们是在跳舞，而不是站在桌子之间，只是因为他们是两两相对而立。

她们两人终于在外围找到一张桌子。"这个，"萨莉开口说道，"就是我要的感觉。你也可以去那些空气浑浊的夜店。可看看这个。"她捡起一片落在裙子上的树叶，礼貌地拿给玛乔丽看。

"是，萨莉，这个难伺候的家伙，这个爱抱怨的家伙。"玛乔丽一边看，一边故意开玩笑地说。

萨莉一直都是个好伙伴，和她出游很开心，正因为这样，她们才决定两人一同出行。今晚，她的心情特别好。

"有人在看我们！"她突然对玛乔丽说道，语气中不带一丝反感，"像我们俩这样，在外面估计很抢眼。"

"或许并非如你所想，"玛乔丽开始逗她，"或许是因为你乱蓬蓬的萝卜头，再配上这滑稽的表情。"随后她动了动手表，将一道光线投射在她脸上，接着说道，"亲爱的，你真美。"

萨莉眯着眼睛，看着一盏灯笼。"我一定上辈子欠了你的。想想看，我只提这一次。好吧，你也很美，这地方也很美。两个孤独的老女人，一个二十四，一个二十五，两人独自享受着南美洲的夜色。"

"你别这么说，"玛乔丽笑得合不拢嘴，压低声音说道，"别抬头，有人过来搭讪了。"

来人一身行头，甚至还带着白色羊皮手套。他冲着她们行了个礼，说道："两位小姐，有人赏脸和我跳支舞吗？"

萨莉尽力克制着自己的鄙夷，但嘴角还是不由自主地撇了撇。虽然此人就近在眼前，她还是装作没动的样子，用她朋友能听到的声音说道："我敢去吗？"她喘了口气，突然不加掩饰地大叫一声，"哎哟！你干吗？"原来，玛乔丽用脚尖踢了踢她。

玛乔丽一看没办法，只好低着头说："不了，谢谢。"

"打扰了。"来人冷冷地说道，随后他行了个礼，便转身离开了。

"你令那人难堪了。"玛乔丽一边责备,一边拿起餐巾假装擦嘴,其实是为了掩饰自己的笑容。

"我还以为你今夜会很浪漫呢!"

"是呀,"萨莉说完,又摇着头补充道,"可我不喜欢他们把鞋油抹在头发上。"

这又引得两人一阵大笑。

"如果他们是某个组织的,一定会把我们这张桌子围了。"

"那岂不是很可笑?"玛乔丽开始设想,"三五个人举着标语牌,有的走上前,有的退回去,像跳舞一样——"她这一番描述又惹得两人好一阵大笑。

"来,我们喝点红酒,继续讲笑话!"萨莉老练地说,同时示意服务生过来。

"老 P·J 真该来看看他这位能干的小秘书!"几分钟后,玛乔丽手举一杯红酒,幸灾乐祸般地冲她这位朋友说。

萨莉转过身,往后面望了望。那里远离人群,漆黑一片。这是她们坐下来后,她第一次往那边看。"它现在可能就藏在那里,正从树隙间望着我们,"她淘气地说道,"你说它会不会先选好下一次吃谁,然后就跟着那个人?我听过一个故事——"

"别!不要讲!"玛乔丽恳求道,"我差不多要忘记这件事了,你却非要这时提起。"

"这里其他人似乎都没拿这当回事,我们紧张什么?看看今晚这群人。这就直接证明了那只是子虚乌有的谣言。"

五颜六色的灯笼喜气洋洋，音乐悠扬，推杯换盏声此起彼伏。男男女女服饰华美，三五成群，谈笑风生，忙碌的服务生穿梭其中。看着眼前这番景象，玛乔丽不得不承认，要是说这城里有一头残暴的食人兽，此时正悄悄地潜行其中，任谁也不会相信。

一个小时过后，等她们准备离开时，两人早就把这事儿忘得一干二净。她们俩心情愉快地走到等待她们的马车旁，一路上不时笑得前仰后合。

"我喜欢这里。来这里，没选错吧？"

"我会很怀念这里的。"玛乔丽也有同感。

"带我们绕着这里转一会儿，慢一点，"萨莉上车后对车夫说道，"这么早就回酒店，太浪费了。月光照耀下，这里可真美！"

"别转了，这样费用会很高的。"玛乔丽告诫她说。

"别担心，今晚要听我的。出来度假不就是来花钱的吗？"在她们前方出现一条空旷的小路。"走这边，"萨莉对车夫说，"不走这条大路，这里汽车尾气味太重。"

小路上一辆车也没有，笔直地伸向前方，融入夜色之中。

"怎么样，是不是感觉好多了？这里现在只属于我们。"这个固执的萨莉感叹道，"我喜欢开发新路，你不喜欢吗？"

"是啊，要么就走上去，要么就别去想。"玛乔丽只能附和着说。这里对她来说，有些过于死气沉沉，她只是不想败了朋友的好兴致。

小路这时开始慢慢向左转,马车渐渐驶出树林。她们眼前出现了一片波光粼粼的湖面,像一面镜子,在月光下闪闪发光。

"看,湖面上还有天鹅!"萨莉兴奋地叫着,"你见过这么美的画面吗?"

马车慢慢地行进着。往湖边这一带没什么树,只有一处倾斜的草坡。"我们下车,去湖边走走吧,"萨莉又提议,"坐了这么久,我们也活动活动腿脚。我喜欢在水边走走,你呢?"

"这么晚了,还是不要去了,"玛乔丽不是很想去,"我们还是掉头回去,和大家在一起吧。已经很晚了,我们走得有点远了——"

"别这样。你都这么大了。只要我们不离开车夫的视线,不会有事的。我们不会走很远的。我发誓不走远。"话还没说完,她已经抬脚准备下车。

玛乔丽只好让着她。马车夫一看她们准备下车,急忙开口阻拦。

"他说什么?"玛乔丽问萨莉。

"我估计和其他人说的差不多。应该是让我们别下车,别到处乱走。我觉得他们就好像串通好的一样。这些大惊小怪的拉美人!"

"可他们毕竟生活在这里。"玛乔丽一语道破。

然而,那个冲动的红发女郎根本等不及听她说什么,早就沿着草地往湖边跑去。湖水在月光下反射出一道道令人目眩的光芒。玛乔丽转过身,用一个西班牙语单词加一串英文对车夫说:"等在这里。待在这儿,别动,听懂了吗?我们去去就回。"

虽不赞成她们这么做,但他还是点了点头,默许了。可就在这时,拉车的马突然开始不安地蹬着地,在路上走来走去。车夫必须要拽紧缰绳,才能使它安静下来。玛乔丽注意到马的耳朵直立起来,仿佛它听到或感知到了一些人类感觉不到的动静。

"萨莉,"她冲着坡下面喊,"我们还是上车吧。这匹马的表现让我有些不安。"为了劝阻她朋友,并把她带回车里,她自己也不得不走下斜坡,往水边走去。

萨莉已经来到湖边。她蹲下来,拿出从餐厅带的华夫饼,揉碎了放在手上,引诱那一群美丽的黑天鹅。四处的天鹅都飞快地聚拢过来。"它们可真美,"很明显,她是说给身后的人听的,"下来吧,有什么可怕的?"

玛乔丽艰难地走下来,继续劝她说:"走吧,萨莉。那匹马不知为什么变得烦躁不安。我们还是走吧。"

"或许它只是想回自己的马厩,你知道,马都这样。"她仍在喂那些天鹅,"看这些天鹅打架了。这就是你说的抢夺!"

突然所有的天鹅同时转身,朝湖心游去,动作迅速,堪比刚才游过来抢食的样子。

"它们怎么了?这是怎么了?"萨莉问道,一脸茫然。

"有什么东西令它们受惊了——不是我们俩,刚才,它们还从你手中啄吃的。我说,我们还是离开这里吧!"她伸手拽着萨莉的胳膊,想把她拉走,"这种地方就是他们告诫不要去的地方。"

"哎呀，好吧，"萨莉无可奈何地说道。她站起身，用手将裙子前面的折痕理了理，"别总是这么扫兴。"

她们转过身，看了看坡上的小路。就在这时，只见那匹马，暴跳起来，前蹄高高扬起，整个身子几乎立了起来，同时发出惊恐的马嘶，马车夫差点从车上摔下来，惊得他大叫一声。马蹄落下，马掌撞在石头上，火星四射。突然，它撒开蹄子向前飞奔而去，转眼间就消失在她们眼前。她们两人惊呆了，愣在那里一动不动。不一会儿，连那急促的马蹄声和赶车人着急的吆喝声都消失得无影无踪。

两人跑上小路，呆站在路边，望向马车跑开的方向。那里空荡荡的，只有月光洒下的斑驳光影。

玛乔丽垂下双手在身侧拍打了一下，胳膊无力地弹跳了一下。"现在你满意了？"她直截了当地说道，"你是下车了，车也离你而去了。"

"我怎么知道会发生这种事？车夫过一两分钟就能控制住它，很快便会回来接我们。只有这样，他才能收到今晚租车的费用。"

玛乔丽却并不像她这么平静地看待此事。"我们可不能在这等他回来！"她直白地对她朋友说，"这里有什么本不该出现的东西。我知道自己在说什么。首先是天鹅，随后是那匹马——"

她们两人开始沿着小路，朝着那匹马跑开的方向，快步往前走。她们并不知道这条路通往何方，但只有这样，她们才有机会遇上返回的马车。

路上树影和月光交替，忽明忽暗。铺路的碎石子隔着薄薄的鞋底硌得她们脚痛，先是一只脚痛，后来两只脚都痛。没办法，她们只好走在路边的草皮上，才稍稍舒服一些。但因为有些地方树木、树根及灌木相互交织，草皮部分会非常狭窄，这样一来她们俩只能一前一后走。玛乔丽走在前面。

走在这样轻柔的草皮上，她们的脚步也变得很轻。几分钟后，她们突然注意到一件事：她们身后的树丛中会传出断断续续的"沙沙"声，像蜿蜒爬行的声响。这声音似乎一直跟着她们。声音很轻，不仔细听根本听不到。这声音有时会突然停止，不一会儿又再次出现。

玛乔丽向后退了一步，扭头低声对身后的萨莉说道："你听到了吗？"她吸了口气，继续说道，"有什么东西——或者什么人——在那边跟着我们。我就说这附近有奇怪的东西吧——"

突然两人本能地停住脚步，想再仔细听听。可这时，那声响也停了，似乎它的行动与她们是同步的。一片静寂，静得能听到心跳的声音。一声树枝的断裂声打破了这一静寂。应该是树枝承受不住什么东西的重量慢慢断成两截。

萨莉一改刚才冷静的样子。"哎，我为什么不听你的话！"她轻声说着，一把将自己的朋友向前推去，"别站在这傻等，管它是什么！跑，快跑！离开这儿！"

这次两人想法一致，沿着路边向前飞奔，仍然一前一后。这条路很长，空无一人，冰冷无情。那声音是随着她们的快慢而动，这点很明显了。它是捕猎者，而她们则是它的猎物。有几次，那声响动静很大，盖过她们"噼啪"的脚步声和燥热、惊恐的喘息声。那东西腾空跃起，冲过碍事的枝叶，向前冲着。

"尖叫，"萨莉上气不接下气地说，"说不定会有人听到！"

玛乔丽顾不上回答。"救命！"她哀号着，"救命！"可是跑了那么长一段，她已经喘不上气了，只能发出微弱的、断断续续的叫声。

那沙沙声和咔嚓声这时突然改变了方向，它开始慢慢地斜线向她们这边靠近，一点没错，它不再只是与她们保持平行。一路有多处树木很稀疏。她们完全可以通过那些地方，确定那边到底是人是兽。但要这么做，她们就必须减慢速度。又或者，她们内心知道，不论看到的是什么，都只会让她们更害怕，估计到时候连抬脚的力气也没有了。

玛乔丽是两个人中跑得比较快的。她个子高，腿也长。刚跑没多远，她便发现她把萨莉落在了后面；过一会儿，她又一次超出很远。两次，她都停下来，等她朋友赶上来，甚至伸手想拉着她跑快一点儿。萨莉并没有抓她的手，不想两个人都慢吞吞的。"我没事，"她喘着粗气，勇敢地说道，"你快跑！"

两人都跑得精疲力竭，摇摇晃晃。这条路似乎没有尽头，她们的求救也没有任何结果,而她们身后的危险却一点也没有减少。

玛乔丽注意到萨莉又一次渐渐落后了。原本在有月光的地方她的影子会在自己的影子上跳动,可现在她的影子不见了,她痛苦的呼吸声也听不到了。玛乔丽,你的朋友已经跑不动了。原本还有萨莉在旁边支持她,而现在她发现自己再也坚持不下去了。"我不行了,"她一边咳一边说,"我要倒在这儿了。你继续!"

她转过身,等她朋友经过,身子摇摇晃晃,站不稳脚步,像个醉汉一样。

她身后的路上空空如也,月光和树影依旧,目光所及之处没有一个人影。萨莉不见了!小路上、灌木丛中,全部寂静一片。静静的月光,静静的树影。

不对,不是完全空空如也。距她二三十米远的地方,路边的灌木丛中,有一卷东西。裙子边缘,衣服的下角,就那样倒在地上。

她正看着,那卷东西开始慢慢移动,不易察觉的动作,慢慢地被什么拖进了树丛之中。看这样子,衣服裹着的这个人已经完全失去了意识。最后一扯,便完全消失不见了。

她没有发出一点声音,既没有尖叫,也没有轻叹。

她以前从未晕倒过,可能是因为刚才跑得太剧烈,她的感官消耗太多,这时她有些晕眩。她知道她想过去帮她朋友一把,可却发现自己倒在了地上,她完全没有意识到自己倒地。这么一摔,也没感觉到任何疼痛。她的眼睛应该是睁着的,但她眼前看到的都是各种各样的圆圈,大大小小,形状不一,慢慢从下往上升,就像香槟酒里的小气泡。

大约过了一刻钟的工夫,车夫赶着控制好的马姗姗而来,在距离马匹受惊跑开的地点不远处,找到了她。她在路上摇摇晃晃地走着,衣服上血迹斑斑,裙摆被荆棘划成碎片,头发乱蓬蓬地披散在肩上。她看上去心烦意乱,不知所措,一只手搭在额头上。车夫赶着车过来时,她甚至根本没反应过来,还继续往前走。

车夫只好跳下马车,抓住她的胳膊,拦下她。"小姐,发生什么事了?"他吃惊地问道。

"带我去警局,"她轻声说,语气异常平静,"我朋友在这儿被撕成了碎片。"

罗布尔斯在讲电话:"派一个会说英语的人过来就容易多了。是有个警用翻译,但我联系不到他。我们已经给了她一些帮助恢复的物品,帮她治疗惊吓——"

十分钟后曼宁出现在了警察局。

那女孩就坐在罗布尔斯的办公室里。曼宁看了一眼,便知道姑娘还没有恢复正常。但她既没有哭,也没有任何紧张的表现。看上去,她仿佛在沉思,冷静得如同冰霜一般。她肩上披着一件警察制服,正好可以遮住裙衫上半截的血迹。她散开的头发没有重新扎起来,而是全部置于肩后,这样一来,她看上去只有十六七岁的样子。这里没有其他女性陪在她身边,因为警察局没有招过女警。

看到玛乔丽·金的第一眼,他和其他人一样,心想,这姑娘可真美。但仅此而已,他并没有停留在对她的美貌的关注上,至少现在没有。他来这里可不是为了欣赏女士的美貌。

没有人为他们两人做介绍。曼宁很老练地问了她一个问题,她便讲述了事件的整个过程。然后,曼宁便用自己那蹩脚、满是语法错误、但很流利的西班牙语为罗布尔斯翻译一遍,同时有工作人员做记录。他注意到,那姑娘即便在重述这起事件时,也表现得木讷呆滞,这些文字内容于她毫无意义,她只是把它们背诵出来。他曾听人提过一种叫弹震症的病症,得这种病的人,反应会延迟二十四至四十八小时。

罗布尔斯和他的专家团准备重返案发现场。那里早已被警方封锁,就等他们前去。

"你就不用——"他让曼宁翻译,想让女孩明白,但令人吃惊的是,女孩坚持要和他们一同前去。

"没事,我已经不害怕了。"她抬头看着曼宁,说道。

曼宁知道,她对着他或其他任何人讲话时,其实根本分不清他们谁是谁,他们的脸对她来说都是模糊的。

"我不想一个人回那个房间。就是不想。我可以坐车里,不出去。"

正如她所说，她已经这样了，在哪儿都一样。他们最后同意带她一同回到案发现场。她坐在后排中间，一边是曼宁，一边是罗布尔斯。原来坐这个位置的警员手拉着车门，立在车外。

去往森林公园的一路上，车里的气氛都是冷酷、压抑的。大家心情沉痛、难受不安，一个个都低着头陷入沉思。罗布尔斯甚至都没有心情和曼宁炫耀，没有以这一事件作为有力证据直接推翻曼宁的推理。

他只是隔着玛乔丽低声说了一句："你看到了，我是对的。卡多佐还关着呢，这又发生命案了。我会下令立即释放他。"

"我应该没有直接指控他，如果没记错的话，"曼宁说道，"但即使不是卡多佐干的，也不代表这罪犯不是人——"

最后一个字，他并没讲完。当着这姑娘的面，不是争论谁对谁错的时候。

"你确定没事吗？"车子绕过巨门，准备进入公园时，曼宁关切地询问了一下。

"我自己没有受伤，"她淡淡地回答，"这些血迹是我钻进去看她时，从树枝和树叶上蹭到的。"

罗布尔斯似乎听出了些什么，顺着她的手势说："你钻进去了，就在事发之后？"他吃惊极了，"难道你就不怕它会攻击你吗？它很可能就潜藏在那附近。"

即使曼宁给她翻译了一遍，她也仿佛没听懂似的，迷茫地看着他们两位。"可她是我朋友，"她说道，"我顾不上害怕了。你不会就这么丢下你朋友不管的——即使已经太迟了。"

"令人钦佩。"罗布尔斯在一边轻轻感叹了一句。

"我相信她会的。"曼宁使劲点点头。

"你看见她了？"他们两人吃惊地互望了一眼，都很清楚这个问题已经问过三遍了。

"一切都结束了，"她轻声说道，"天很黑，我也看得不是很清楚。那东西并没有把她拖得很远，就在路边的树丛里。我——我看见她的脚伸在外面。"

罗布尔斯的麻烦又来了。他绝望地捶着脑袋。"我明天还是递交辞呈吧，"他低声对曼宁说，"我们都有麻烦了，你听到他当时说的——"

"至少，你这次比之前多了些可以调查的，"曼宁想让他振作起来，"这一次你有一个活生生的目击证人。金小姐或许可以帮你找到一些突破。"

"我们不需要知道事情的每个细节！"罗布尔斯生气地说，"知道这些细节有什么用呢？这不是一起谋杀案，我们需要证实身份，目击证人、证据、指纹等等。现在的问题是我们怎么抓住那畜牲！"

"犟驴！"曼宁也发火了，转过头去。

"蠢猪！"这边这位警长也不甘示弱。

前面有人走过来，用小手电示意他们到地方了。汽车靠边停好，几位男士都走下车来。那姑娘仍坐在车里，现在后排就她一个人，显得很宽敞，也很孤独。她静静地坐着，眼神空洞、漠然。曼宁最后又看了她一眼，便随其他人向树丛里走去。

走进来没多久，便看到到处是手电筒亮光，聚成一簇一簇，从他们下车的地方，一直排列到那片出事的羊齿蕨。

他们一个光簇一个光簇地查看了一遍：都是差不多的东西；一场凶残的凶杀案，死亡并不是终点，凶杀并不满足于此，不但没有停止残害，还做出更加令人发指的行为。

"这畜牲一定得了丛林狂犬病了，"其中一位警员不禁不寒而栗，"一枪打死它太便宜它了。这畜牲就应受炮烙之刑，慢慢把它烤熟了。"

"先逮住它再说。"罗布尔斯激动地说道。

罗布尔斯和曼宁很快又回到汽车那里。"强光灯送来前，最好先把那姑娘送走，"曼宁提议道，"她受的折磨已经够多了。"

"金小姐，现在把你送到哪里？"

"告诉他，到英国大饭店。"

"接下来的几日，请随时听候我们的传讯。你可以走了。"

警车掉了个头，带着那姑娘离开了。罗布尔斯和曼宁两人又再次返回了树林。

罗布尔斯的一名下属突然喊了一声："我找到了一个足印！这太可怕了！"大家闻讯，都向他那边跑去，曼宁也在其中。只听那名下属又接着说:"或许这个可以让您那位美国朋友闭嘴,警长大人?"他举着手电筒,稳稳地对准地上一个地方。那里有一片软软的青苔,离尸体不算远。上面几近完美地留有一个巨大的猫科动物的爪印——有点像一片三叶草。

罗布尔斯恶狠狠地冲到曼宁前,将心中的不快全都发泄在他身上:"还说这不是豹子干的,我真想给你一巴掌!"

"这是豹子的爪印。"曼宁闷闷不乐地承认,没一会儿,他又接着说道,"可现在要我转变想法,有些太迟了。我有太多证据来支撑我的想法。就比如这起案件:两个女孩一前一后跑着,后面一个几乎是紧跟前一个。你在办公室也听到她说的了。她什么也没听到。她回过头才发现朋友不见了。嗯?我不知道那豹子是有多迅速,在她朋友身后,一下子把她扑倒。但她应该有时间发出惨叫,或者喘息声,至少可以哼两声吧。就算没有,倒地的声音应该也会听到吧。为什么她什么也没听到?因为她根本没有倒下去。她被扶住了,没有倒下去。而要想避免倒地和呼喊这两方面的声音,只有一个办法:那便是用善于抓握的人类双手掐住女孩的气管,切断发声部位,同时将她举起,使她双脚离地,带进树丛。"

罗布尔斯上前一步,用威胁的口吻说道:"你可知道,豹子的爪子可以一下子击碎一个人的头骨,令人一击毙命?"

"没那么快,临死前至少还能发出一些喘息声。声音是由喉咙发出的,不是脑袋。只有阻断气管,才能阻止发声。另外,如果是一击毙命，倒地的声音又是如何消除的呢？我来告诉你，她是直立着被拖走的。她并没有被什么野兽扑倒。她是在中途被抬起来搬走的——被某种直立行走的东西！"

"你们都听到了吧？他还在说这是人干的。"罗布尔斯差点挥拳头了，不过他还是冲曼宁摆了摆手说道，"别再浪费我的时间了。我的忍耐也是有限度的，你如果再这样下去，后果很难想象。别把我对你的最后一点尊重也消磨光了。我们在特蕾莎·德尔加多身上找到的豹子毛；在康奇塔·孔特雷拉斯的喉咙里找到了豹子断掉的爪尖；在她们尸体四周找到了疑似豹子足迹的印记；化验人员甚至在他们的伤口上找到这类肉食性动物爪子上常见的血液毒素细菌。是不是要我们把这豹子放在你腿上，你才能接受我们的观点！"

"是大活人！"这美国人一下子发火了，"这里四周到处都是证据，你就是不肯睁眼去看看，非要盯着那狗爪一样的足印！我没佩戴警徽，我都能发现，你们这些警察怎么会看不见？比如，看看那根折断的树枝，垂在那儿的那根。这位先生，这说明什么？"

对这种天真的问题，罗布尔斯撇了撇嘴，不屑地说："豹子通过的时候把它挤到一边，折断了。"

"啊哈！那这头豹子在干什么，用后腿直立行走吗？"曼宁咆哮着，"过来一个人站在那里。随便去一个，谁都行。脚下这些羊齿蕨让人有些站不稳脚。"

看到有人站过去的对比效果,他禁不住满意地欢呼一声:"快看!这效果比我想的还要好。那边的羊齿蕨下面凹下去了,那里有道沟!你这属下有一米七,那根断掉的树枝在他肩膀的位置。要碰断那么高位置的树枝,这头豹子一定有两层楼高了!"

如果仅凭这一点就想镇住这里的人,那曼宁是大错特错了。罗布尔斯根本想也不想,眼都不眨一下,他走过来,慢慢说道:"然后呢?它一定要顺着地上的路线走吗?它是蠕虫,还是蛇?它可不是肚子贴在地上爬的。那两个姑娘全速奔跑,它在后面飞快地追赶。这种情况下,四足动物会怎么做?它会腾空跃起,这时它弓起的后背蹭到那根树枝,将它折断。"

曼宁冲他摊开手掌:"你可以坚持你的豹子理论!完全没问题。"他走了几步,又停住脚步,沉默了好一会儿,最后说道:"花几秒钟,追踪一下它的活动范围。从它消失的所普拉斯巷到工人聚居的迪亚博罗街。再从那儿,一直转到南郊的万圣园。再从那儿,穿过城区到正义大道和圣马可街那个转角。然后又从那里,又回到北边的森林公园。这整个过程中,竟没有被任何人发现!还有一件事。所有被害人都是女性,没有老年人,也没有中年人,都是年轻姑娘。这可真是头早熟的豹子,各位,它口味很专一呀。"他转过身,"和你们讲这些也没用,只是白费口舌。我要回家了。"

"我敢肯定,没有你,我们将一事无成。"罗布尔斯冲着他的背影冷嘲热讽地说。

黑色罪证

曼宁走进英国大饭店的大厅，看到那些行李箱，便觉得这里面肯定有她的箱子。果不其然，大厅中间的地砖上，一只箱子的边角处赫然写着两个红色字母"MK"。那些行李数目之多，令人费解。更奇怪的是，电梯还不断运下来更多的行李箱。

曼宁走到前台。"这是那位美国小姐，就是她的朋友——？"

"她的，还有其他人的，先生，"工作人员难过地说道，"我们这里全搬空了，就好像——该怎么说呢？——就好像爆发了传染病。两小时内，二十三间房——"

曼宁只对这二十三个退房中的一个人感兴趣："她什么时候离

开,你知道吗?"

"她乘坐周二从瓦尔开来的圣爱米丽号,"工作人员悲哀地耸了耸肩,"不能怪她,先生,和她没关系吧?"

"没有,"曼宁认同他的看法,低着头说道,"不是她的错。我也该走了。"他掏出一根烟,没有抽,而是低头看着烟,想了一会儿,然后他又抬起头,说道,"帮我问一下,看她要不要见我。"

"我问一下,先生。我该报什么名字呢?"

那一晚经历如此可怕的事情,她可能连他叫什么都已经不记得了。她应该还没有恢复。毕竟,这归根结底是由他引起的。

"金小姐,这里有位曼宁先生想见你。"工作人员冲曼宁点了点头,"二十四号房,先生,上二楼。"

曼宁选择走楼梯。电梯一直忙着往下运行李。正如工作人员所言,这里正在上演大逃亡。

在二楼走廊,一个房间门上方开着的气窗里传出一个美国女人的声音。"我不管,哈维·威廉姆,什么商业条款不条款。有那么个东西在外面晃悠,这座城市,我是一天也待不下去了。你可以在我登船等开船那段时间来海边找我签字——"

曼宁敲了敲二十四号房的房门,玛乔丽的声音响起:"请进。"

曼宁做了自我介绍,玛乔丽的声音有些颤抖:"我们俩从咿呀学语的时候就是邻居,我们一起上学,一起跳舞。她可怜的母亲还等她回去呢。而我回去,该如何面对她?带个盒子给她……"

"你发过电报了吗？"他轻声问道。

"是的，当然发过了。我没具体说。我说不出来。这不适合写在电报里。"她停了一下，一边思考，一边说，"这些事似乎说也说不清楚。"

如果等你知道了——他无声地附和着。

"我让他们以为是肺炎。等我回去再说。"她的声音渐渐消失了。就这样静静地坐了一会儿，曼宁起身，打算告辞。

他真的打算就这样离开，对他原本来这里的计划只字不提。他就要走到门口了，玛乔丽突然开口，谈到他想说的事情。"他们还没抓住那东西，是吗？"她问了一句。

"还没有，"曼宁答道，他回过头来，直视着她，"他们抓不住的。"

"为什么这么说？"

"因为，金小姐，那根本不是头豹子。"他平静地对她说道。

她定定地望着他，看了很长时间。他可以看出，随着这一说法慢慢被理解，她原本就很苍白的脸变得愈发苍白。

"不，不是吧，"她用手捂住嘴巴，表情十分痛苦，"不会是这样的。如果还有什么能令这件事雪上加霜，那就是你说的这个。"

"要我说下去吗？还是你希望我就此打住？"

这个问题有些多余，因为他注意到这个想法已经对她造成伤害了。她一直盯着他，一脸惊恐，愣在那里。就算他现在不说了，这个想法，她是甩不掉了。

他压低声音说道:"是个人。雷阿尔城没人相信我,但我坚信这一点。我现在这么说,以后任何时候,任何地方,我还是会这么说。那晚之前,已经有三起命案了。我不知道你有没有听说,或许因为是旅游旺季,他们有意向游客隐瞒此事。但这里的人都知道这件事。"

"我想起来了,楼下的工作人员那晚本想劝阻我们。但他说得很隐晦,并没有直接说出真正的原因——"

"你还想继续听我说吗?"

"可以,我还想听你说下去。"

随后,他便将他说给罗布尔斯听过的所有证据和推理,从头到尾,一字不落地告诉了她。当然,为了方便起见,他做了一些整理。

"我很肯定我的想法是对的,一定是对的!"他说着,狠狠地在自己的大腿上拍了一巴掌,"可他们都不听我的。他们坚信他们那套理论,我们双方各执一词。但他们是警察呀,而我,只是个平民老百姓。"

听他说完,玛乔丽深吸一口气,浑身战栗。她已经表现得很好了,甚至超出他的预计。或许是因为他讲得很客观,并没有勾起她太多的回忆。她的眼中满是惊惧,但除此之外,还有一些东西——一些她眼中原本没有,现在出现了的东西——她的眼中闪着某种坚定的光芒,像仇恨,又像愤怒。一个人是不会恨一头没有理性的动物的。

他不能确定她是否认同他的想法。很长一段时间,她没有回答。最后,她终于开口了,声音低沉:"想想看一个人,一个自称为人的畜生——"这就是她给出的答案。

曼宁阔步来到打开的落地窗前。两天前的这个时间,萨莉就站在同样的位置,欣赏外面的夜景。窗外,整个城市尽收眼底,其间点缀着闪烁的灯火,各主干道仿佛撒落在上面的银粉。在大教堂和它的双子楼后面,一轮杏黄的月亮正从山顶慢慢升起。

"很美,不是吗?"他转过头,对她说道,"就在这里能看到的某条街上,某个女孩正在赶路;或者她正在某个隐蔽、浪漫的地方等她的心上人;又或者她从一个热闹的聚会出来到一个平台或花园里透透气。接下来,你我都知道会怎么样!她就成了躺在地上的一具尸体。某个和我们一样有思想的家伙躲在他安全的藏身之处,幸灾乐祸地看着这一切——而那些愚蠢的警察还在树丛中、花园里四处搜寻一头黑豹!如果不是今晚,那便是明晚,或者后天晚上。总之一定会再次出事。一次又一次,接连不断!"

"然后呢?"她呼吸急促,曼宁看得出她尽量使自己保持冷静,"你来这里,和我说这些,到底想干什么?我已经失去朋友了。我就要走了。你和我说下一个女孩会怎么样,又想干什么?你到底想干什么?"

他直截了当地告诉她说:"我想让你当那下一个女孩。做诱饵,引那个人——那家伙出来,随便你怎么叫。"

她瞪大了眼睛，不由得往后退了一步。"我看你是疯了。你知道自己在说什么吗？我真恨不得马上离开这个可恨的地方。我倒真想看看它最后变成什么样了！我夜里睡不着觉。我的行李已经运去船上，这班船走了，就要再等二十天。而你却想让我在失去一生挚友之后，一个人独自留在这里！你就是个陌生人，你从哪儿来的勇气到我的房间来，和我说这些，还要我特意出去找那个——那个令人痛恨的东西，找到他，还要引诱他。所有这些，都只为了证明你的某个理论是对的，让你心满意足！"她越说越激动，"请你离开这里！请你从这滚出去！"

"我这就走，金小姐。"曼宁平静地说道，一点儿也不生气。

"快走，"她冷冷地催促道，"我原以为你会考虑不打扰我。至少，会找其他人，这么多人，怎么偏偏找上我——"她关上了门，曼宁没听到后半句。

他离开的时候，之前那个气窗里仍有声音传出来。"好吧，那你一个人待在这儿吧，哈维·威廉姆，我警告你！我今晚就坐十点钟的火车，什么也拦不住我！"

不论这女人是谁，他都觉得她做得没错。玛乔丽·金更没有错。这件事是他不对。他不该刚认识就提这样的要求，他应该能够感受到她在经历了这么可怕的事情之后，情绪还不稳定。

他大步穿过大厅。大厅中间的行李不但没有减少，反而越来越多了。那位前台工作人员夹着银边细长爱立信电话听筒，不住地点着头。曼宁走了过去，完全没注意他打了个响指，还以为他在叫另一位服务员。

他从旋转门走出来，在酒店入口的天篷下站了一会儿，理了理帽子。这时，一个深肤色的门童向他跑来，拍了拍他的胳膊说道："先生，前台找你。"

曼宁再次回到前台。那名工作人员说道："金小姐刚刚在你经过时来电话。她说，如果您不介意，她想请您再上去一下。"

耶！曼宁一瞬间满怀希望的笑容便是最好的回答，他不介意。他一点儿也不介意。他又一次爬楼梯，但这一次，他一步四五阶，迈着大步跑了上去。那个似乎无处不在的气窗后的房间里，似乎也平静下来。"把你的睡衣给我，哈维。"刚才那位女性的声音现在温柔地说，"我的小提箱里还有空间。"

玛乔丽·金应该是早就为他把门打开了，然后又回房间里去了。他跨进门的时候，玛乔丽正在写一个没有对象的奇怪便条。"你走后，发生了一件好笑的事。我以为我已经把她所有的东西都打包了，可我一开柜子，却看到了这个。"她手里拿着一件羊毛半衫，也叫胸前饰布，衣袖非常宽大，"她去哪儿都带着这件衣服。这是她自己亲手织的，我见她织过。每天早上在公交车上。那天晚上，就是那天晚上，我们出门前，她说的最后一句就是：'你觉得我要带这件吗？'"

她没有哭。她讲述这段痛苦回忆时，你可以感到一份坚决。"曼宁先生，你知道吗？她是我在这世上最亲密的朋友。应该是没有人能替代她的地位了。我想和你说的就是，如果这是人干的，而你认为，我留下来有帮助——能帮她讨个说法，那我——我愿意做下一个女孩。"

"我不希望你就这样盲目地参与进来，"曼宁提醒她说，"我知道这个要求很过分，而且罗布尔斯一旦知道我做这样的事，一定会立刻阻止。你有任何疑虑，就直接拒绝，我不会怪你。"他望着她，等她回答。

"我已经给出答案了，"她平静地说，语气坚决，"如果是个人，我留下，我想这么做。如果是头豹子，大自然中的力量，它不知道自己在干什么，那也没什么说法可讨，就另当别论了。"

"如果是头豹子，你根本不用留下。它早就被逮住了，或许当时跑进巷子之后的二十四小时之内，就该逮住了。"

"那好吧，我们开始吧。"她快步走向气窗，把它关死，又走过去打电话，"把我的行李送回房间吧，我还要住几天。"随后，似乎是回答某个问题，她说了句"待定"，随后便挂了电话。走向曼宁那边时，她随手将头发扎在脑后，让人联想到船舰清空甲板的准备行动。她这样显得有些成熟，但不管怎样，都很漂亮。"开始吧！"她在曼宁对面坐下，抬头认真地望着他。看得出，徒劳无用的哀悼阶段已经过去了。"那个请自便，"她朝一包美国香烟指了指，又加了一句，"如果那能帮助你思考。"

一阵沉默,她首先开口:"要当诱饵,接下来就要让他注意到我,在城里这么多女孩中注意到我。我们该怎么做?我怎样才能成功吸引他的注意?"

"如果靠碰运气,这是肯定不行的。按机会均等的原则,这是绝对不行的。你可以在接下来的十年里,每天晚上独自上街,他或许从你身边经过,但决不会靠近你。这一看就是个圈套。现在,我来说说我的想法。要是他看报纸,他一定会看那些对他的兽性行为的报导。他一定知道那天是你们两个人,他一定是从你们离开饭店便跟着你们。我在想有什么办法可以在报纸上做文章,但又很巧妙,不令他察觉。结合之前的事情,让他觉得你是一个有勇无谋、不长记性的人,出了这事了,还一个人独自走那种偏僻的地方。甚至还可以暗示你看到他了,可以指证他。这样一来,就有两个有利因素,让他来找你:一是他内心的疯狂欲望,另一个就是他要自我保护。"

"但这是不是扯得太远了?一个有问题的头脑能消化得了这些信息吗?"

"这件事要办成,当然不容易。可我们还有什么好办法呢?首先,你必须明白,这里的人认为美国人什么事都做得出,他们觉得美国人本身就很古怪。这对我们是有利的。"他点着手指尖开始细数,"就说你热衷于月光下散步,你不想因为任何事情而改变这一习惯——不行,这样不行。"

两人一齐摇了摇头。"这样他还是不知道你在哪儿,即使想要找上你,也不知上哪儿去找。"曼宁补充道。

突然瞥见萨莉·奥基夫那件遗忘的毛衣,他一下子有了主意。"等等,我想到了——我有主意了。某个属于你俩的东西,有某种特殊价值的东西,你一定要找回来。那一晚,你不小心把它在湖边弄丢了。比如说,一个盒式吊坠,是你母亲在你很小的时候送给你的,或者一颗幸运串珠。总之,不找回这东西,你就不离开这里。"

"这个主意好一些,但仍有些疑点。我回去找的时候,是一个人还是有很多人陪同?为什么一定要晚上去?白天为什么不去?"

"他会注意你的,会自己发现你是夜间孤身前往。他还会想那么多吗?关键是,他的注意力将再次聚焦于那附近。这就是我们想要的。只要他潜伏在那一带,其余的都会自然而然发现。他看到你一个人,他便会——"后面的话,他没说下去。

"这样应该可以吧。"她表示认同。

"这布局其实很不周全,但或许能奏效;这是我们能想到的最好的方式了,但也不能保证一定会奏效。做媒体经纪人这么多年,我和各大编辑还是有些交情的,登这么个东西,应该没什么问题。当然,也不能让他们跟踪报道。就在这里简单做个访谈,然后我再修改一下。如果罗布尔斯注意到这事,我就告诉他,这都不是真的,全是我编的,你早就吓得要坐火车离开这里了。

"这一切都要非常谨慎，不能表现得过于在意，否则会穿帮。尽可能表现得就好像随口提到，让他那问题大脑接收到这个消息，但又说不清楚到底这消息从何而来。毕竟，这是个捷径。他一下子就知道该去哪儿找下一个可能的行凶对象，那个孤独又无助的人。这可比他漫无目的地四处游荡、等待合适的时机，要好多了。好的时机可不是那么容易能找得到的。我认为他一定会上钩的。现在他的犯罪欲一定啃咬着他，令他十分难熬。他应该不会在意那些小漏洞，应该会采取行动。他一定会认为他这一次也能全身而退。而且，你看见他的消息又会令他如鲠在喉，他一定会尽力除掉你，以绝后患。"

"可那位警长和他那帮手下呢？那晚之后，他们会不会接下来这一周，甚至更长时间都一窝蜂地聚在那公园里？这样会吓跑他的，我们要不要换个地方？"

他抓了抓头发，一脸茫然。"我想不出其他地方了，如果换地点的话，你要找东西的这一意图就说不过去了。而且那里面积很大，对他来说这一点也很诱人。其他地方太小，不方便藏匿行踪。"

"那好吧，就定森林公园吧。你应该比我更了解这里。"

"或许乍一听，你会觉得这靠不住，但这里是对我们最有利的选择。第一，或许早在你们在马德里餐厅用餐时，他就在暗中观察，最后选定了你们俩，看着你们登上了马车。如果再给他一个机会，先观察一两个小时，确定你是孤身一人，我相信这一诱惑会是很难抗拒的。或者可以说，这样一来，他可以逐步建立起自信。反之，如果你是在城里某个小公园里转悠，就缺少了这一环节。而且这样很容易令人生疑。第二，不计后果、大胆妄为地再次返回那里，对他这个自大狂有无限的吸引力，会令他兴奋不已。"他熄灭了手中的香烟，"至于罗布尔斯和他那帮蠢材，处理起来就很容易了。我到时候给警局打电话放个假情报，就说在城里一个完全不同的地方看到那黑豹了，跟描述的一模一样。我还可以花几个比索，找几个流浪汉，让他们在不同的地方打公用电话，报案说看见黑豹了。这样一来，森林公园里的警力都会忙得团团转，根本无法顾及这里。"

"的确，但他怎么会知道这些呢？他或许认为警察还潜伏在那里呢。"

"他自己会弄清楚的，森林公园里还有没有其他人，有没有潜在的危险。这对他来说，还不容易吗？记住，警察要找的是头野兽，不是两只脚的人。天知道他有多少次曾与这些警察擦肩而过，却没有被注意。说不定他曾混在围观的人群中回到案发现场，欣赏他的杰作。他完全可以大摇大摆地进入森林公园，看着那里还有没有残留的警力。因为警察在搜寻豹子，都穿着制服，不像在抓捕犯人时，他们可能还会变装一下。等他确定那里安全了，就会全力对付你了。"

玛乔丽脖子一侧的一根青筋跳了一下，但她什么也没说。"这就是我们的整个计划。"曼宁总结道。有一段时间,玛乔丽没有讲话。一丝难以觉察的微笑在她脸上一闪而过,她开口问道:"我们打算选哪一夜——毁灭之时?"

"后天晚上,这样我们就有四十八小时做好所有准备。现在已经来不及准备明早的报道了,但刊登在明天的晚报上,是绝对没问题的。当然,我会保护你的,我会尽量靠近你,不让你受伤害。不过,我还要找一个帮手,一定要保证你的安全,我不希望你有任何闪失,我担心我一个人没法应付这一切。"

"你找谁呢?"

他想了一会儿,"我不能找罗布尔斯和他的手下,他们都是一丘之貉。一定要找一个我可以完全信任的人。等一下,我想到了一个人——那个年轻人,他叫什么来着,孔特雷拉斯家那个女孩的男友,她在墓园约会的那一位。要找帮手的话,他是个不错的选择。这会令他大跌眼镜的。"

他起身离开,玛乔丽送他来到房门口时,他又转过身,看着玛乔丽的眼睛说道:"在我们实施计划之前,再好好想想。如果你想退出,还来得及。不是我吓你,这次行动会很折磨人,甚至超过上一次你所经历的痛苦,因为这一次在持续三四小时里,你一早就知道你将会遇到什么,你将承受巨大的压力,完全要靠自己做判断,我们会尽量靠近一些,暗中保护你。但若想成功,你一进公园,我们就不能跟得太紧,也不能暴露我们的位置。这一点,希望你能明白。所以如果你想退出,这是最后一次机会。"

她眼光坚定地望着曼宁,只是嘴巴抿得紧紧的:"我和你一起进行这件事情,这一点,我一开始就说得很清楚了。"

"漂亮!"曼宁激动地说道,"我们为此握个手吧?"两人简单握了下手。"我去安排,你接下来这两天好好睡觉。"他一边给出建议,一边拉开房门,"后天晚上我们要打一场硬仗。金小姐,这两天尽可能不要去想这件事。"

"叫我玛乔丽吧,"她关门说道,"反正你也叫不了多久了。"

他从康奇塔·孔特雷拉斯的问询记录里找到了那个地址,那是位于圣文森特街半坡上一层楼的房子,房子很漂亮,粉刷成柔和的蓝色。一位女仆把他带进一个天井,那里有一株九重葛终年开放着,显露出鲜艳的洋红,从屋顶一直垂到天井中央。有几只蝴蝶在这一小片阳光之中,嬉戏追逐。其中一个房间门口,一个小姑娘探出头来,黑溜溜的眼睛望了望他又不好意思地缩了回去。这一切让人觉得这是个幸福之家。但曼宁知道它并不是。有人将他带进其中一间房间,一个和他年纪相仿的年轻人懒散地躺在小床上,头枕着胳膊。

只见他头发乱蓬蓬的,一脸胡子,衬衫脏兮兮的,领口敞开着,他的眼睛红红的,一看就是一大早上从酒馆回来,嘴上叼着一根烟,并没有点燃,像一根通心粉一样,垂在那儿。

他看到曼宁的目光落在床边地上的一张照片上,眯着眼睛,不耐烦地说道:"看见地上那张照片了吧?美丽的脸庞,温柔的笑容,柔软的秀发。朋友,你很幸运。可我却没那么幸运。我真想和你换一下眼睛,你说吧,你要多少钱?我看到的尽是些可怕的东西,一片血污,看不出人形的一堆东西,就那么堆在地上……"

曼宁低头看着鞋子:"我知道,我当时也在。"

"有时候,我在夜里会听到一个微弱的声音从照片那边传来。'劳尔,劳尔救我出去,我被困在这里了!'就仿佛那晚她无助的呼救声。我想灌醉自己,以为这样就不会听到这声音了,但这完全不起作用。我只好晚上去外面转悠。"

曼宁一只手轻轻放在他肩膀上,转头看着另一边。"放轻松,小伙子,别担心。我就是为这个来的。"

劳尔伸手从床下拿出半瓶本地产的烈性白兰地,握着瓶子,大拇指一用力,一下子把软木塞推开。他抹了一把嘴巴。"我不认识你,也不知道你想干吗,不过,来,喝酒。一个男人永远失去了心爱的女孩,也就剩酒了。而我可怜的老母亲,只能在她房间里掉眼泪。"

曼宁接过酒瓶,坐在地上。"不对,他还可以做得更好。"他在一张铺着草垫的椅子上坐下,椅子吱呀作响,摇摇晃晃,挂在靠背上的一顶帽子掉了下来,"听着,我知道问题出在哪儿。你自己走不出来,你认为就是命运,是天意,无力反抗,就这样在自己的悲伤中沉沦下去,但其实这一切并不是天意,而是有人有意为之。"曼宁看了看那年轻人的脸色,"心很痛,是吧?就像用酒精清理发炎的伤口。"

这一定令他心痛不已。这年轻人——他还只是个孩子——双手捂着脸在小床上痛苦地翻腾着。

"你是谁?你怎么知道?"终于,他的声音从十指间传来。

"一个和你一样的普通人,一个相信自己眼睛所见的人。那东西竟然再次越过高墙,返回钢筋水泥的城市,而没有选择留在墓园的树林绿地之中。野兽会这样吗?在野兽本能之下,它怎么会做出如此选择?"

年轻人放下双手,盯着曼宁。他的双眼之中满是仇恨,但不是针对曼宁,而是曼宁的叙述在他脑海中描绘出的景象。

曼宁随后用低沉的声音将其他几起案件和他所知道的向他道来。最后他说道:"有可能我是错的。我没有特异功能,也无法预见任何事情,但我相信这次我是对的。只有测试一下,才能证明一切。"

"怎么测试?你打算怎么做?"

曼宁将自己的计划和盘托出。

"那我们还需要一个女孩。"

"我们"这个代词没有逃过曼宁的耳朵。"我已经找好了,"他说,"是个勇敢的女孩,超出你、我所能想象的勇敢。"

劳尔夹紧双臂,撑起他消瘦的身体。"我们什么时候开始行动?"他直奔主题。

"就在今晚,"曼宁说道,"我们会一直坚持——天天如此,如果需要的话——直到我们查明真相。"

"那我们还等什么!"劳尔腾地一下从床上坐起来,小床都被他压得弯了下去。"妈妈,"他大喊着冲进了另一间房间。这孩童般的称呼,配上他的嘶哑低沉的嗓音,似乎有些不协调。"给我杯黑咖啡,感谢上帝,将这懒散之气驱逐出我的身体!再给我件干净的衬衫、一个剃须刀和一盆热水。您不用再担心了。您的儿子又活过来了!"

《大公报》《消息报》《最新闻报》等各大晚报最后都有一段相同的内容:

……金小姐也许是认真的,她那奇怪的感觉绝不是胆大妄为。她可能近日某天晚上会返回森林公园的湖边,去寻找那个遗失的纪念小饰物。或许就在今晚,或许是明晚,谁知道呢?这种与众不同的大胆行为,即使我们不认可,也值得钦佩。美国人真是一种奇特的物种。

"我们有句老话,"她在采访结束时说道,"厄运不会在同一个地方降临两次。"她讲话时面带微笑,这令我刊记者困惑不已。她还补充道,"我不害怕任何豹子。我的眼睛很好。视力超凡,黑暗中也看得很清楚。人们都说,只要我见过的面孔我都不会忘记。"这番话意味深长,似乎金小姐话中有话——甚至对警方,她也有所保留。

他们两人到达英国大饭店时,太阳已经西斜。玛乔丽回应了曼宁不想引人注意的轻轻敲门声,两人推门进来。只见玛乔丽站在房间中央,看样子他们两人进来时,她正不停地在房间里来回踱步,焦急地等待他们的到来。

"你终于来了,"她有气无力地招呼了他们,"我四点钟就穿戴整齐了,而且随着时间的推移,越来越紧张。我不知道你有没有改变计划,还会不会来,我也不知道怎么联系你。你说好今晚行动的,所以我就早早穿戴打扮做好去马德里餐厅的准备。这身衣服可以吗?"她向后退了一步,以便让他们看清楚她这身缀有水晶珠的白色晚礼服。

"很好,就穿这身!"曼宁赞许地说,"这衣服黑暗里也会反光,这样更方便对方找到你。你怕吗?"

"我现在已经好多了,"她承认不讳,"你要是半小时前见到我,我隔几分钟,牙齿还会打战。"

"我给你带了一样东西。"说着,他从口袋里掏出一把小口径手枪,手柄冲着她,递了过去,"把这个放在晚宴包里。知道怎么用吗?"

"虽不敢说我是玩枪长大的,可关键时候,要用枪的时候,我应该没问题。"

"只要把这个打开,这是保险,然后收紧手指,就这么简单。玛乔丽,记住,该开枪的时候,就开枪,不要只是警告对方。先开枪,再说别的。你这次要面对的可是——"

"我知道。"她打断了曼宁,同时将联想到的场景抛诸脑后。

"这枪对它有用吗?"

"我这还有一把大号的,可以背的。这个一定能射穿,射击速度比那把袖珍的快。"

劳尔很有礼貌地站在一旁,静静地听着他们两人讲话。

"不好意思,我失礼了,"曼宁连忙道歉,介绍两人认识,"金小姐,劳尔·贝尔蒙特。你们俩到时候只能靠手势沟通。"

两人相互鞠躬问好,表现得就仿佛是在参加某项社交活动,完全看不出他们这是要同去赴死。

"你看到报纸了吧?有效果了!"曼宁又接着说道,"哎呀,我忘记了,你西班牙语不好。总而言之,他们这些鱼儿已经咬钩、扯线、拽浮子了。刚才我打电话到罗布尔斯的总部,他告诉我,他的人都从森林公园调走了,派往竞技场那边。他在二十分钟之中接了六个报警电话,都说那边跑道那里看见黑豹了。而且,鉴于时间紧迫,他不敢对这突然涌入的消息置之不理。他的职责也不允许他这么做。"

"这六个电话都是你安排的吗？"

"我花钱找了七个人，可是很显然有一个人拿了钱没干事。"

"另一件事办好了吗？"

"昨晚就办好了。如果他看报纸的话，此时应该已经看过了。"

曼宁停下来，略显紧张地握着双手，那样子就仿佛一名外科医生准备开始一台手术，又像一名牙医准备钻一颗牙齿。"现在，玛乔丽——"

"我知道，零点。"玛乔丽说着，脸上硬挤出一丝笑容。

"你从这里开始就要靠你自己了。和你交代完了，我就和劳尔马上出发赶往湖边，这样才能在天黑前赶到那里。我们不能陪你一起过去，因为没人知道什么时候是路人旁观，什么时候是对方的监视。也许就在饭店门口，也许在马德里餐厅那边，也有可能他在湖边等你。天黑之后，你等半小时就出门。和那一晚一样，坐马车过去。到了马德里餐厅，一定要坐在外面靠近树丛的位子，这样他才能更好地观察你。一定要坐在外面。不要往黑暗的地方张望，更不要试图找他，你是找不到的。你只要静静地吃饭，坐着就行。尽量不要流露出任何紧张不安的情绪。尤为重要的是，不要在那儿与任何人纠缠。如果他看到有人和你坐在一起，不管多久，他一定会被吓跑。这是一个心理不断加强的过程，任何看到的事物都会对他有影响。"

"之后呢？"

"湖边、天鹅，就像和萨莉那时一样。那里才是目标范围。"

"车夫在场会有影响吗？"

"上一次不也一样吗？他不是把马匹吓跑了吗？让他去，你只要离开马车，走向湖边。"

她咽了一下口水，手放在脖子上。"曼宁，我不想打退堂鼓，可你提到的细节让我犹豫了。当时那些天鹅和那马匹都受惊了——它们一定是感受到了什么，不一定是看到或听到。假如那边真有一头豹子，我该怎么办？要从豹子口下脱身，并不是那么容易的。"

"那里应该是有一头豹子，"他直截了当地说道，"罗布尔斯手中有很多证据都能证实这一点。不过我认为，那里是一人一豹。也就是说，一头受控的豹子，某种程度上听命于一个人类。"

"你是说这个人带着一头豹子，让它去攻击那些受害人？那样的话你们怎么能及时救我？那种东西快得像一道闪电。"

"我不知道那到底是什么，也不清楚他究竟是怎么做的，我只知道那不是随意攻击的野兽。我们今晚就是想搞清楚这一切。玛乔丽，我想请你信任我们。我和贝尔蒙特宁愿自己赴死，也不会让你受任何伤害。只要这里有人为成分，我相信我们会赢。我知道，让你做这样的事，的确很残酷。我们必须要找个女孩参与——那家伙不攻击男人。而且我们也找不出别的能帮忙的女孩了。"

"你们用不着找别人，"玛乔丽回答说，"我不想对你们谎称自己不害怕，我害怕极了。可是两天前，我已经明确表示愿意参加了，现在也没变。"她紧闭双唇。曼宁拍了拍她攥紧的双手,她的手冰凉。不知为何,这令曼宁对她的好感增加了几分。

"如果什么也没发生,我要在湖边待多久?"

"等你找到那个丢失的小盒式吊坠。"

"啊,真有一个吗?"

"是呀,我在零售店买了一个,今早把它放在河边了。就在水边,几块石头底下。找到之后,你可以抽根烟,这样可以更好地计算时间。可以在湖边走一走,不要太远,但一定记住我的话,散步期间,都要避开车夫的视线。等你抽完烟,还没动静,就可以确定他不在附近,今晚不会出现了。你就直接坐马车返回饭店这里,我们随后也会很快回到这里。"

"太阳就快落山了,"贝尔蒙特望向窗外,用西班牙语提醒道,"已经落到教堂顶十字架的位置了。如果想看清地形,挑选有利位置,那我们现在就应该动身了。"

曼宁托着玛乔丽的手华丽地鞠了个躬,轻声说道:"向这位勇敢的女士致敬。"

随后,他又推住玛乔丽的手,以美国式打气的方式,摇了摇,"这就开始了。现在开始,请保持冷静,要对我们有信心。我替你检查过那把枪了,很灵敏。记住,先拉保险再收紧手指。如果情况十分紧急,别浪费时间掏出来,直接从包里开枪。"

劳尔站在门外的走廊上等曼宁。他看上去不像其他南美洲人那么感情丰富，或许是因为他太紧张了。"走吧，曼宁，我们来不及了。"他非常客观冷静地催促道，似乎他们只是去街角喝一杯。

曼宁关门的时候，玛乔丽又坐回到了梳妆镜前，正用一支玻璃水棒涂抹耳后，"今晚晚些时候再见——我希望如此。"她最后说了一句。

"今晚晚些时候再见——一定会的。"他信心十足地回答。

曼宁最后望了一眼她的脸，脸色苍白，即使落日的晚霞也无法为她的脸映上任何红色。要知道今晚有可怕的事情在等着她。她望着镜中自己的样子，神情紧张，似乎看见了死神的脸。

湖水的颜色在暮色中渐渐变深，从金青色到湛蓝色再到灰黑色，仿佛某个不为人知的地方在不断向湖水中注入墨水。四周森林公园里的一切都沉浸在一片寂静之中，显得毫无生机，仿佛这里原本是一片荒原，而不是位于一座大城市郊外的一个自然公园。白日里在这儿鸣叫的那些无害的小鸟、昆虫之类的小东西，这会儿也都销声匿迹了。所有的一切都缄默不语，等待残杀它们的那个凶手的降临:黑夜。它无情地赶走白昼，并将它扼杀,每二十四小时，周而复始。永恒的扼杀，无以惩罚，无以阻止。

曼宁在水边蹲了下来，从高处的地面上看根本看不见人。他一边扔小石子，一边等贝尔蒙特来和他会合。他们两人分头侦查湖的四周，他首先回到了他们分开的地方。他，这样一个在暮色中弓着腰、一点不引人注意的人，一个曾经在海滨捡破烂的人，被解雇的经纪人，一个在闹市酒吧无所事事的人，现在从城里来到这里，准备和死亡黑暗力量进行一番搏斗。他完全不是英雄的样子，一点儿也不符合人们心中英雄的样子。只是个被传染了黄热病、头脑发热的病人而已。

一群天鹅一动不动地浮在水面上，像一团团黑色的云朵。它们在确认过他扔进水里的不是面包块后，便又把头藏在翅膀下继续睡觉，完全不在意他扔石头发出的响声。

贝尔蒙特沿着水边悄悄返回，他弓着腰，为了不被高处地面上的人发现。他来到曼宁身边，也蹲了下来。

"找到藏身之处了？"曼宁问道。

"看到那片芦苇了吗？我就选那里，看上去它们似乎是长在水里，但其实那中间有一块大石头，我可以蹲在上面。这样四面都看不到我，即使在湖水这面也发现不了。你怎么样？"

"我找到了一棵分杈比较低的树，一棵桃树。树干分成四个枝丫，在中间形成一个杯状结构。我只要将四周的树叶拉拉低，遮住我，就可以了。简直就像定制的。"

"你能迅速下来吗？"

"一跳就下来了。树不高，长得弯弯曲曲，就在往湖边的斜坡上。刚才有没有遇到什么人？"

"一个活物都没有。我一直绕了半个湖边。"

"我这边也没人，"曼宁警惕地望着四周回答道，"我们这就各自就位吧，最好在月亮出来前，都躲避好。"

"你还是坚持认为我们分开比较好吗？"贝尔蒙特小声询问，"一旦分开，我们便再也无法相互交流了。"

"这是唯一比较合理的安排。我们一边一个，才能更有效地保护她。这地方——也就是我们两人之间这块区域——是她要来的水边的地方。她一定会到这里来的，因为只有这一带，才能比较容易地从上面道路走到水边。这里开始，道路又转向另一边。这一带的滩地平整，只有一些杂草，比较容易走过来。这里也是她和那个女孩上一次来的地方。他知道的，所以如果玛乔丽要回来找东西，这里也是他预计玛乔丽会来的地方。这样她便会得到三个方向的保护：你在那边，我在这边，还有前面的湖边。在上面等待的马车又阻止了第四个方向。要靠近她，只能从我们其中一个方向过来，经过我们身侧，才能到她身边。很有可能从我这边，因为马德里餐厅在我这一侧。不要一看到对方就跳出来，等他走到你我之间的地方，我们就让他有来无回。

"所以说，埋伏在她前后两侧同样重要，否则等他突然来到我们跟前，我们会手足无措，很可能无法制服他。现在，注意你身上或者四周不要留有什么容易暴露位置的东西。记住，马上月亮要出来了，任何不应该出现的亮光都会令我们功亏一篑。把你外套领口扣紧，别露出里面的白衬衫。不要露出任何会反光的东西——领扣、袖扣,甚至胸前别着的金属钢笔。口袋里不要装硬币,它们会不合时宜地叮当乱响。"

他们每人拿出一个四四方方的大手帕。没有展开叠起的四角,直接把一些零钱放在上面,把手帕角翻过来。包住零钱,这样便可以防止它们碰撞发出声响。

"不要抽烟,"曼宁提醒道,"能控制得住吧?"

"当然。这又不是和姑娘约会。我可以一直等下去,我可以不吃不喝,只要能等到那个——"

"枪放好了吧?"

贝尔蒙特一下子拉开外套,掏出手枪。

"够快呀。"曼宁称赞道。他将手腕抬到眼睛近前,仔细看看手表。"还有五分钟就八点了。这鱼不好钓呀。她这会儿应该正要从饭店出发。我们还要等上两个小时,甚至三个小时。"他摘下手表,塞进口袋里,"月亮会令上面的水晶反光。"

贝尔蒙特将自己的手表调慢了一分钟,也摘了下来。"我的还差四分钟,不过就以你的时间为准吧。我们俩现在用同一时间,同一目的,怀有同样的希望。"

"好了,我们各就各位吧。"

"好的,再见。"贝尔蒙特简洁地说道,随后握紧双手。

"放轻松。"曼宁低声说道。

两人转身,贴着地面悄悄向不同的方向走开去了,一两米之后便融入夜色之中。

一边的芦苇"沙沙"响过一阵之后,又恢复平静了。另一边,一棵树的枝叶"哗哗"作响,那是曼宁爬上树,调整了一下位置,便安顿下来。之后,两边都陷入一片沉寂,如荒野一般死气沉沉,完全看不出这里是一座大城市郊外的一座自然公园。所有的一切都陷在令人窒息的静寂之中,等待残杀它们的那个凶手的到来——

又到了外出活动的时间,雷阿尔城全心全意回应这夜晚的呼唤。玛乔丽迈步走出饭店的大门,她身穿白色缀水晶珠的晚礼服,头戴银色罂粟花,手腕上挂着一只银色的晚宴包,包里装了什么重东西,包被坠得变形了——一定是观剧用的小型望远镜。她看上去极为闪亮、轻浮。很显然,此时她的脑海中只有跳舞和香槟。人行道上,经过她身边的人纷纷回头,向她报以同情的微笑。她看上去是如此快乐,如此无忧无虑,甚至惹得有些路人心生嫉妒。

四周灯光四射,飘忽闪烁。她看着这些灯光,人也不由得兴奋起来。一只愤怒的猴子映在夜空之中,一会儿消失,一会儿出现了。这一次双手捂着眼睛,下一次又捂着耳朵,再一次又捂着嘴巴,接着打出"猴子茴香酒"的文字。一只长着绿色尾翎的公鸡稳稳地站着,一气打出"仙山露味苦艾酒"的字样。在这些闪烁炫目的人工星光组合的照耀下,人行道上恍若正午。每家餐厅的门前坐满了客人,街上出租车拥堵成灾,喇叭声此起彼伏。

现在是外出的时间,现在是放松的时间,是享乐的时间,是忘却工作和烦恼的时间。

她站在人行道上,拖鞋的鞋跟卡在马路牙子的边缘处。见门童打算吹响胸前挂的哨子,她忙上前阻止:"不,不要叫出租车。要一架马拉的马车。马,明白吗?"

门童亲自跑到下一个街角为她去叫马车,回来时,他一只脚站在踏板上,另一只脚悬空荡来荡去。

玛乔丽登上马车:"去马德里餐厅。"

车夫和门童交换了一个眼神。两人用含糊的西班牙语交流了几句。

"你和她说。"

"不,你和她说。"

门童侧身进入车厢,热心地问道:"请问小姐您是孤身前往那里吗?没有别的意思,只是——"他干笑了一下,似乎不知道该怎么说下去,"那里——那里最近晚上不适合过去。"

她明白他所说的"最近晚上"是指什么。很显然,他并没有认出她正是前几天的晚上和同伴一起前往那里、而她的同伴后来在那里遇害的那个女孩。

她往他的手里塞了枚硬币,表示她也没冒犯之意。"去马德里餐厅。"她又一次坚定地说。

头发花白的车夫碰了一下帽子,答道:"好的,小姐。"

"开慢点,我想在用餐前,先享受一下这夜晚的空气。"她在心里又将这句话默默重复了一遍。Dine？ Die？听上去还真是相似呀,只不过要用英语。

她注意到门童与车夫两人又对视了一眼,无奈地耸了耸肩,似乎在说:"你能拿这些美国人怎么办呢？"

门童为她关好车门。他好奇地盯着她的脸看了看,他可能觉得她的粉涂得似乎太多了。她的脸一定惨白一片,但她知道这并不是涂粉涂的。

她瘫坐在坐垫上:饭店和饭店所给予的安全感正一点一点地离她而去,仿佛不断后退的灯塔,随着马车的行驶,离它越来越远。

她突然想到,此刻,在城市的另一个地方,有一个人也许也正整装待发。这个人的路线,邪恶而可怕,将会随着时间的推移慢慢向她的路线靠过来,直至最后两相会合。之后,便只有一条路线会继续走下去,而她的路线将就此终结。

真是奇特的约会！是呀,在某个散发恶臭的巷道里,从某个隐蔽的藏身之处,走出一个披头散发、看不见脸的人,他要前去赴她之约:一位白裙闪闪发光的女士,银色鞋子,黑色头发,满身香水气味,这香水有个不吉利的名字,"孤独"。她吹着夜晚的微风,坐马车离开那明亮的饭店。任何其他约会都无法令一个人心跳得如此剧烈。她懒洋洋地坐在马车上,优雅、放松。套着银色鞋子的双脚伸在前面,交叉在一起,一只胳膊随意搭在座位扶手上；另一只手——藏在身侧——紧紧握住一只拳头，没有任何工具能撬开这只拳头，它仿佛冻住了一般。

随着马蹄平和、响亮的"哒哒"声，她来到了巨门，这里是通往森林公园的正门。他们继续往前走，灯光渐渐暗淡下来。这一路仿佛从一堆篝火狂欢边走开，经历几个不同的阶段：首先是沉醉于夜生活的市中心地带，一切都如正午般明亮；其次是较平和的中间地带，只有店铺灯光和偶尔几个电子广告牌；最后，是昏暗朴素的外围居民区，街上只有路灯发出的惨白灯光，偶尔有某个窗户透出黄色的光线。

到了巨门，黑暗完全占据了上风。路两边全都黑乎乎一片。只有通往森林公园的那条双车道主路上方有一排灯光，直送马德里餐厅。

城市外围大道那星星点点的景象最终也完全消失了。空气变得潮湿，凉气透衣而入。一股各类植物混杂着湿木头的气味扑面而来，完全盖住了她身上飘散的丝丝香水气息。

然而，公园主路上全是车。有些车顶棚关着，车灯亮着；有些收起顶棚，完全开放，纷纷从她身旁经过，朝另一个方向驶去。今晚，这些车都只往一个方向开。"最近晚上"，正如饭店门童所表达的。人人都在离去，返回城里——那安全地带。没有人朝里走。除了她。她的车夫一人完全占据了一整条主干道。

车里那些人，三三两两，坐在明亮的豪车里，看不出一丝恐惧，只是他们的车子全部都开得飞快，一点没有放松时应有的闲情逸致。就仿佛他们在马德里餐厅早早吃过晚饭，已经证明了自己的勇气和胆量，现在他们急着赶往其他地方放松心情，尽情享乐。但其实大家都知道那豹子已经不在这里了，人们最后是在城市另一头的竞技场目击到它。

与车流逆向而行，她慢慢前进，孤独而庄重。每经过一个弧光灯的下面，就有一道白光从她身上扫过，周而复始。

终于，马德里餐厅的灯笼出现在前方黑暗之处，仿佛一层发光的五彩碎纸散落在树下。手风琴、小提琴奏出幽幽的音符似乎也从这些树上落到这些彩纸上。马车夫赶车进入那条弯曲的山坡小道，过了那里，就是餐厅的入口，到达餐厅后，他调转车头。

一位侍者扶她走下马车，穿过一排矮矮的树篱。这些树篱将室外用餐区围在里面。

"你在这等我。"她吩咐车夫道。车道旁仍停着一排汽车。

"但不要太晚，小姐，"车夫热心提醒道，"最近最好不要太晚。"

"好了，我自然会出来，你等着我，"她厉声说道，"别让他走了。"她又对侍者吩咐了一句。

一位领班走上前来，迎接她。他们都待在主厅里，那是一个八角亭，高出地面几个台阶的距离。这里还有一些客人，但只是零星几位，数目大不如前。这些留下来的，要么是想证明他们有多大胆，要么就是喝酒喝多了或者玩得太尽兴，顾不上考虑其他事情。即使如此,这些为数不多的客人都围坐在几张大桌旁,似乎为了相互壮胆。这也不错,玛乔丽心想:这样省得他花力气从一堆人里找出我来。舞池里有一两对舞者,他们的身影映在舞池黑色玻璃地板上,使那里看上去比实际人数多出一倍。

"请问小姐是要等什么人吗?"

这句话不禁令她浑身一颤,她忙稍加掩饰。这位小姐是要等什么,但要等的却不是任何人。

"没有,一人用餐。"随后,领班正想带她进入主厅,她又开口,"我想坐外面。那边,靠树篱的位子。"

领班侍者看了她一眼:"您确定要坐在那么靠边的位子吗?"

"确定,"她简明扼要地说道,"我不喜欢人群。"

外面空无一人,她在这么多桌椅中选了个位子坐下。她位子旁的树篱比别处矮,即使坐下,隔着树篱也能看到腰以上的部分,因为避免地面的凹凸不平,所有的桌子都摆在一个平台上。旁边的树木和树下的黑影,看上去仿佛靠得很近,令人不自在,仿佛趁大家不注意的间隙那边有人一伸手便能将她抓走。假如——假如她在这里出事,这出乎曼宁和贝尔蒙特的意料,他们怎么救她?

想起曼宁提醒她的话:不要表现出紧张或有所防备的样子。她收回目光,开始研究菜单。菜单在她手中微微颤抖,上面的字出现重影,就好像隔着一块厚玻璃的斜面,根本看不清。

"你有什么推荐?"她似乎有些喘不过气。

"杧果浓汤。"

"好的,杧果浓汤。"现在这种情形下,她哪儿还有心情吃东西。估计东西没咽下去,她先吐出来了。

"最后再来点冰激凌和咖啡。"

她去过很多餐厅,但从没有像现在一样的感觉,点完餐,看着侍者离开,感觉一身轻松。可这时,她又后悔这么快就结束点餐了,看着侍者离去,只留自己一个人孤零零地坐在这里。她曾故意重复几句无谓的语句,想多留他一会儿。

她一直看着他离开,直到进入大厅。她感到无比孤独,与世隔绝。没错,树篱的缺口那边的确有位侍者,为刚到的客人拉开车门,但他看上去遥不可及,而她周围的树木却触手可及。她打开腿上的手包,假装在找手帕,实则摸了摸曼宁给她的那把枪,她的心这才慢慢平静下来。

刚刚吃完浓汤,她头顶的大红灯笼突然毫无征兆地熄灭了,灰黑的暗影一下子将她和这地方笼罩。她绝望地闭上眼睛,这是某种预兆吗?

里面有两个人急忙搬着一架梯子跑了出来,一个人在她身后架好梯子爬了上去,换了一个新灯泡,不一会儿,灯又重新亮了,甚至比之前更亮。

吃东西对她来说很困难,可不吃东西,更加难熬。她完全靠意志力才不让自己往树丛那边看。有时她甚至可以感觉到一双恶毒的眼睛从树篱后的暗影中盯着她。有时,她又确定那只是她的想象。

有一次,不知是松鼠还是花栗鼠之类的小动物在树篱外的地上跑过。幸好她当时将餐巾拿在手上,她用餐巾连捂带塞,这才没有让自己叫出声来。另一只手指甲都快刺进手掌的肉里,这才让自己慢慢放松下来。后来,有侍者过来,她有些上气不接下气地说道:"让他们把音乐声调大一点。我这边有点听不清楚。"

"好的,小姐。您有什么想听的曲目吗?"

她真想说《与主更亲近》,但她会表现得过于急切,而不是玩笑之举,因此她并没有这么说。

"给我一瓶香槟,"她说道,"这里有些无聊。"

如果有人在监视她——这一点,现在她很肯定——这会给人一种印象:冷漠、庆祝。而她只是不想让自己在椅子上晕过去。

侍者送来了香槟,塞子已经打开,里面的泡沫正往外滴着,又顺着瓶身滴了下来。她将倒满香槟的杯子高高举过树篱,那边的人不可能看不到。她真想走到树前,举杯挖苦地说一句:"为你、我干杯。"但这样做太吓人了。

她将杯子在唇边碰了一下,又放下了。喝一两口足够了,可以温暖一下她的喉咙。她可不想麻醉自己的感官,这些可是她今晚唯一的武器。过了一会儿,她偷偷将怀中香槟倒在内侧的地上,然后又重新大张旗鼓地加满一杯。

她点香槟和调音量的要求一定让人误会为这是想引人注意的

做法。一位个子高高的年轻人走下台阶,胸前的白色康乃馨表露出他的身份,他来到她面前,鞠了一躬,讨好地说道:"我能请您跳支舞吗?"

"谢谢,我不跳舞。"

他并没有知难而退。"那这位美丽的小姐不会介意我坐下来,陪她一会儿吧?"他不等回答,已经拉开了她对面的椅子。

曼宁的警告再次响起:不要和任何人纠缠,你会吓跑他的。"不,不行!"她大叫一声,吓得对方倒退一步,"拜托!拜托不要站在这儿,请你离开这张桌子。"

这年轻人很坚持。最近这些晚上,人人自危,生意估计不好做,"那就和小姐跳支舞吧?"他继续劝说着。

玛乔丽最后只能听他的,因为只有这样才能最快最简单地甩掉他。毕竟,两相比较,和他去跳支舞比他站在这里讲话更令人生疑。

她站起身,那年轻人用手圈着她的后背,得意扬扬地走进大厅。舞池周围还坐着其他三位和他一样的年轻人,一人一桌,面带愁容。或许他们成功的概率很低。

她之前从没跳过探戈,现在也不用她跳,那年轻人完全带着她跳。他跳得很好,怎么说这也是他谋生的手段,甚至连她自己都没意识到,她在跳前刀步。越过他的肩膀,她还可以看到外面的树。不论她转到哪边,哪个方向,那些树木都在她面前,在树篱之处等着她,仿佛在说:"我们会抓到你的。你快来,我们就要抓到你了。"

即使是个舞男，即使是靠在一个舞男身上，也比一个人在黑暗中等待命运好得多。

他们两人在黑色玻璃地板上转了一圈，她突然问道："他们放的曲子叫什么？"

他首先用西班牙语将歌哼唱了一遍，组织一下语言准备翻译：

  Adios muchachos, companeros de mi vida,

  Se acabaron para mi todas las jarras—

"我的英语不是很好，这首歌说的是有一个人的生命快走到尽头了。歌中唱道：'再见，孩子们，我这一生的伴侣们，我的生命要结束了……'"

连音乐都是这种。"请不要再说了，"她厌恶地说道，"抱歉，我要回我的桌子那里去了。"

"我令小姐不高兴了？"

"不是。我有些头痛。能告诉我，我需要付多少钱吗？"两人回到桌旁。

这位年轻人却一点也不气馁："小姐您真大方，您这一支舞还没跳完。"

"请收下这些吧。"她说着，快速碰了一下他的手，一心只想把他打发走。

之后，她又变成一个人了吗？一动不动，坐在血红的龙虾前等待自己的命运。她喝完咖啡，又坐了半个小时，被人监视的感觉越来越强烈。她的肌肤感受到了这种注视，想要逃离这里。她只能强忍着，尽力不让自己扭头，朝那边望去。又一次，她甚至觉得树丛中有什么发光发亮的东西向她射来光线。她将勺子扔在地上，然后弯腰去捡，想要扭头去看的冲动实在太强烈了。待她直起身子，在椅子上重新坐好，她感觉好了很多。而闪光也消失了，不管那是什么，她的余光再没有发现相似的东西。

一个人期待遭遇暴力，甚至和死神面对面，期待徒手战胜死神，捍卫自己的生命，现在这个人却用泡有栀子花的温水在洗手。这看上去似乎有些傻。如果她活下来，她知道自己以后看到洗手盅都会想起今夜，还会至少重现几分钟这时的画面。从今往后，所有欢乐的聚餐会上，大家推杯换盏，谈笑风生之时，一想到这段黑色回忆，她会突然脸色煞白，笑容凝固，周遭的亲友会纷纷关切地询问。当然，前提是她能活下来。

她离开前还不忘弄碎一个面包卷，用纸巾将碎屑包好。"喂天鹅的。"她对来结账的侍者说道。

"这么晚了，还去？"侍者一脸惊恐，明眼人都看得出这所表达的警告。

"我喜欢动物。"她说道。（"但不喜欢豹子。"她在心里嘀咕。）她站起来，转身，慢慢朝树篱缺口处走去。马车这时缓缓驶来。她抬脚踏上马车踏板，心里想着："我来了。"不禁有些难过。

等她上车之后，林间的灯笼逐一熄灭，一个接一个，有盏绿色的灯笼熄得比其他灯笼都晚,从枝丫之间透出微弱的光芒。最后,连这个灯笼也熄灭了,整个马德里餐厅都隐没在夜色之中。

车夫开始用鞭子抽打马匹,想尽快离开这被诅咒的森林公园。

"开慢一点。"她厉声吩咐道,"夜色这么美,要慢慢欣赏。"这时他们来到了岔路口前,"走这边。"

"噢,不行,小姐。"这位老人几乎带着哭腔说道,"不能走那边。上次就是在那边出事的。"

我当然知道,她伤心地想着。只听她大声说道:"你难道不看报纸吗?那东西现在在城的另一边。它不可能在这里!"她脱口而出的都是英语,随后又用几个西班牙语单词,加上手势,尽力表达她的意思:"不在这儿。Otra parte。"

马车夫听懂了,语言并不能阻碍人类之间的交流。"那些人也可能弄错了。"他嘟囔了一句。

"转进去,转进去!"她执意坚持。

马车夫掉转马头,不情不愿地驶进了她所说的这条小路。月光下,这条路仿若一条树叶搭出来的隧道,这边的树木在空中相互交叉,遮天蔽日,形成这样一条墨绿色的通道,其间透出点点银白色的月光,真是美丽极了,也危险极了。马蹄声在空荡荡的小路上回响着,犹如敲响的丧钟。

这里万籁俱寂。最近这些晚上人们都不来森林公园,除了连接出入口的主干道,其他地方都无人问津。这条道儿一开始笔直向前，随后渐渐开始打弯，这说明湖就在前面。

今晚的月亮不似那一晚明亮，也不似那一晚圆，但湖面仍旧波光闪闪，如一面银镜。他们终于来到最靠近湖边的那段路，整个湖呈现在他们眼前。这个地方，她无法忘记。这里没什么树木，仿佛树木帘幕在这里被拉开了，准备上演这场悲剧的最后一幕，在这里，她与湖水之间只隔着草坡。

她感到呼吸困难，越来越强烈的恐惧感令她窒息，她尽力克制着。"停一下。"她好不容易吐出这几个字。

马车夫不知道是真没听见，还是装作没听见，总之他以此为借口，想尽可能地远离这里。她不得不不断轻拍他的后背，像敲门一样。"停下，明白吗？我说停一下。在这儿等我。我想去喂一下天鹅。"

"啊，不要，小姐，救世主啊！"他高声大呼，"那姑娘就是在这儿喂天鹅才——"

"你听到我说的了吗？"她厉声说道，"如果不照我说的做，你一分钱也别想拿到！"

马车夫停了下来。她站起身，走下车。马一停下来，这里静得吓人，静得有些邪恶，静得一点儿也不自然。一步、两步、三步。路面变成了草地，一开始几步还算平坦，随后便开始下坡。坡上都是草，也不陡峭，即使穿像她穿的这种银色高跟拖鞋走也不算困难，但她却走得摇摇晃晃，费很大力气才能走在一条直线上。她有点吓蒙了。"我必须保持头脑清晰，否则，我就死定了。"她告诫自己。

随着她下坡的脚步，上面的小路则越升越高，马车也渐渐高过她的头顶，她下半辈子绝不会再做这样的事情。她不断在心里念叨着："你知道的，曼宁就在这里某处，只是你看不见他。先去找盒式吊坠。然后避开车夫的视线，抽一根烟。如果有必要，直接从包里射击，不要浪费时间掏枪出来——左边那片灌木丛在向这边移动吗？没有，那只是片灌木丛。"

马车现在已经高高在上了，它渐渐开始被路边遮挡，消失在视线之中。

波光粼粼的水域渐渐向她靠了过来。那些天鹅似乎觉察到她带来了吃的东西，纷纷从这洒满月光的湖面上优雅地向她跟前游了过来。

三个多小时了，曼宁身边唯一有生命迹象的东西便是这些天鹅了，但它们全都浮在水面上睡觉，一点儿也没有活力。其余便是月光与阴影的斑驳图案。贝尔蒙特藏身的芦苇地一点声响也没有，要不是他告诉了曼宁他的藏身之处，曼宁怎么也不会想到那里还蹲着个人。

他的四肢早已麻木。因为不能调整姿势，他只能不时捏一捏、揉一揉手脚。不过很快这也不管用了，他几乎感觉不到任何揉捏的动作。

月亮已没有萨莉·奥基夫出事的那晚那么圆了，但还算比较完整，其光辉足以照亮下方这片无遮无挡的地方。他又将自身从头到脚检查了一番，以防任何被月光照到的地方会暴露他的位置：白白的手掌，丝袜的反光，光亮的鞋头。即使像这样的小地方都足以引起那小心谨慎的男主角的注意。

紧迫感越来越令人难以忍受。他在想贝尔蒙特是不是也和他一样有同感。或许还不如他，要知道贝尔蒙特那里可没地方可以倚靠。他才不要看表，那样只会令时间过得更慢。等她出现了，那就是时间到了。只要她没来，他们就要等着——即使这可能意味着他会全身麻木，从树上掉下来。他们可不是来这里找乐子的。

远处响起了马蹄缓慢的"嗒嗒"声，这里终于又能听到声响了。那声音仿佛从一个地道或钻井传来，遥远而空洞。声音消失了，一会儿又再次响起，而且越来越清晰，越来越靠近。是她吗？一定是，除了她，还会是谁呢？谁会在这时候坐着马车在森林公园里走到这里来？从他躲进这棵树里，没有一个人走过这条路。晚上在森林公园兜风，已成为过去，尤其是最近这些天。

马蹄声清晰、响亮，似悦耳的铃声。沉寂的四周没有可与之相媲美的东西。声音越来越近。曼宁深吸一口气，这只是身体本能的反应，想贮存足够的氧气，以应对可能出现的情况。他们来了，一清二楚，表现得是那么平静，那么不紧不慢——完全与马匹的节奏保持一致，"咔嗒——咔嗒，咔嗒——咔嗒"。换下场景，这节奏一定能抚慰人的心灵。他现在都能听到车轴发出的轻轻的吱呀声,那是橡胶轮胎一路上的轻声细语。

有个女人的声音说了些什么。马蹄声戛然而止。马车那边传来争执声,声音越来越响,之后又消失了。而她接下来说的话,他听得清清楚楚,她提高了音量:"如果不照我说的做,你一分钱都别想拿到!"

他看不到马车,那个方向有太多树叶,挡住了视线。不过没多久,玛乔丽白色的晚礼服进入了他的视线,她站在路边,礼服在月光下闪闪发光。接着,她就在他面前,慢慢地沿着草坡往下走。

就算她害怕——她一定很害怕——她并没有表现出来。她的忍耐力是无人能及的。她动作优雅,马车行驶时十分庄严。在他看来,她的动作没有任何紧张、僵硬的感觉。只是一位女士,身着华服,小心翼翼,不想弄脏自己的鞋子和长裙。

他不由得眯起眼睛,对她所表现出的自制力钦佩不已。只有女人才能表现得如此完美,男人绝对做不到。

她来到曼宁藏身的大树旁,看也没看一眼,又继续往下走。当然她并不知道曼宁的藏身之处。支撑着她的是曼宁给她的保证,说他和贝尔蒙特一定会在附近保护她。

天鹅纷纷向她游去,后面都拖出一片扇形的涟漪。它们早已发现她手中的白色纸巾里包着面包屑。

她终于来到水边。这时,曼宁差不多处于她和马车的中间位置。他此时不再关注玛乔丽而是四周的情况。没什么东西能隔着湖水从正面攻击她；要想从后面过来攻击她，必须首先经过曼宁所在的这棵树。贝尔蒙特的位置正好从右侧保护了她，而左侧有一边受到曼宁的保护。

他看到她开始寻找盒式吊坠。她一只手提起裙摆，以防沾湿裙子，小心翼翼地走在水边，头低着，专心寻找。那些饥饿的天鹅，此时，都围聚在她身边的水域，相互冲撞着，拥挤在一起。它们随着她的路线，一会儿游过来，一会儿游过去。

在她被遗忘的背后，一切都很平静，没有任何动静。黑黢黢的灌木丛中一点儿声响都没有。也没有树枝断裂的声音。

她终于找到了。他看到她突然弯下腰去，从远处的水里捞起了什么，那东西在月光下闪闪发亮。她在那儿高兴了一阵子。十分机智的表演。把那东西擦干，正面看看，反面看看。接着，她将那东西放进她腕上挂的手袋里。现在，她开始喂天鹅。只见她的手伸向天鹅，又收回来摸纸巾；收回来一会儿，又伸向天鹅。她沿着湖边一边慢慢散步，一边喂天鹅，恍若一位站在冥河边上的慷慨女士。

从她进入曼宁的视线，曼宁的姿势有了一些变化，其中一点就是：他的前臂现在抬了起来，一动不动地握着手枪，靠在腰间皮带的位置，枪托顶着他的身体。他不断慢慢转着头，一百八十度观察着每一寸土地。

突然他听到马车的马匹不安地嘶鸣起来，虽然看不到，但之前它都安静地待在上方的小路上。马蹄也来回踢踏着,在缰绳控制的范围内来回走动着。

他赶紧扭头,望向玛乔丽。那些天鹅一只只都迅速从她身边游开,像银色湖面上一道道黑色射线。不一会儿,她便一个人孤零零地立在水边,手伸得再长,也没有天鹅愿意过来吃东西了。

曼宁将枪抬高了一些,靠着最下面一根肋骨的位置,静静等待。

她一动不动地站着,望着那些游开的天鹅。她的后背突然反射出一道道光芒。面对这即将到来的危险,她在发抖吗?还是只是她礼服上的水晶珠反射的月光?曼宁说不清楚。

马匹前蹄击打地面的声音愈发响亮了,仿佛它完全靠后退来支撑整个身体,而马车的各个联结处也被扯得吱呀作响。曼宁知道,那匹马一定扬起前蹄,之后落下。它反抗性地嘶鸣着。他向树上探出一条腿,沿着靠水边那一侧,慢慢伸出腿来,这样树干就可以作为掩护。他做好往前冲的准备。

可是从上方的马车到水边的她,这一片区域依旧静悄悄的,什么动静也没有。

她一定也听到那预示性的马嘶声了,但她并没有回头。她身子向前俯下,假装想要引诱那些天鹅再游过来,但她并没有成功;最后,假装生气的样子,将包着面包屑的纸巾一甩,似乎失望极了。

她在手腕上的小包里翻找了一会儿。他听到玻璃纸的声音,接着她的面前亮起来火柴的火光。她点了一支烟,这正是他教她用来计算时间的方法。她抽着烟,始终没有回头。

这需要极大的勇气。他从来没有见过像她这么勇敢的人,因为她根本就知道这时候会有什么东西从她后面悄悄潜行而来。从他的位置可以看到这里什么都没有,但玛乔丽根本看不到。

马匹向前急速走了两三步,似乎要冲出去,但很快又被缰绳拽住,退了回来,马车随之又是一阵吱呀乱响,车圈也咔咔乱抖。

烟雾萦绕在她头顶,在月光照耀下,形成一圈光晕。她完全按他的指示行动。期间她漫无目的地在水边漫步,刻意走到车夫看不见的地方——幸好是往那边的芦苇荡方向走去。当然她并不知道那里有另一个保镖。走到一半的时候,她停了下来双臂环抱在胸前。这里已经完全避开了马车和车夫。香烟的小红点在她身侧和嘴巴之间不时移动着。她走得太远,又加上她此时站在树影之中,曼宁根本看不清她,只看见一团白色的影子。现在只能靠另一边的贝尔蒙特来保护她了。

万籁俱寂,除了上方的马匹偶尔会踏踏蹄子。这会儿,这匹马只是偶尔会焦躁一下,但很显然,这完全在车夫控制之下。从这匹马的表现来看,这附近某处的确暗藏危险,但它一直藏在那儿,没有现身。现在这里的紧张画面再继续下去将令人无法忍受:两个隐藏在暗处的男子,一左一右,一位女子站在中间,她望着湖水抽着烟,沉浸在自己的思绪之中。

终于,她抽完烟,烟头的火红点在空中画出一条弧线,落在水中。她转过身，朝马车方向走去。中间她绊了一下，曼宁知道那是因为恐惧，可在其他人眼中，那只是因为脚被草根勾住而已。

她又出现在月光之中，开始往坡上走。经过曼宁藏身的那棵树时，她依旧看也没看就走了过去，继续向坡上走去，翻过坡脊，来到小路上，此时，从曼宁的位置便看不到她了。

曼宁将刚才一直靠在树干一侧的那条腿往地面上探去，站住脚，随后另一条腿也放了下来。血液一下子涌回了双腿，他痛苦难耐。

上方传来玛乔丽清晰的声音。她应该是回到马车旁了。"好了，现在送我回去吧。"马车踏板吱呀作响，她应该上车了。曼宁可以想象车夫根本不用吆喝，也用不着挥鞭子，缰绳稍一放松，那匹一直受制的马儿便快步走了起来，不一会儿便往前冲了出去。这匹马儿一定是吓坏了，急于想要离开这惊悚之地。

曼宁从树下悄悄走出来，站住脚步，等待另一个隐藏的同伴过来与他会合。他吹了吹口哨，但芦苇荡里没有任何动静。他又吹了吹口哨，贝尔蒙特还是没有出来。他走上前去，一种不祥的预感令他浑身发凉。

"劳尔！"他踩着浸水的石头走进芦苇荡，轻轻呼唤着。芦苇荡里空无一人。他看到一些芦苇被压平了，一定是劳尔蹲在那里弄的，但这里现在空空如也。

他走出来，往回走，一个人往坡上走。

来到坡顶，小路上什么也没有，只有月光静静地洒在上面。他正要往前迈步，突然旁边传来一阵窸窣声。声音是从路的另一侧传来的。他静静地站着，仔细听。那声音又出现了，声音沉闷得像脚步声，又似拍打声，仿佛一只受困的大型动物，挣扎着想摆脱困境。

他朝声源地走去，小心翼翼。声音又一次传来，不会错的：剧烈的挣扎，想要摆脱困境，树叶、植物一个劲直响。曼宁掏出手枪，朝那个方向快步走去，小心躲开树枝，避开荆棘。

随着他不断靠近，拍打声也越来越剧烈。

曼宁突然摔倒了，枪也走火了，发出震耳欲聋的响声。他被脚下什么东西绊倒了。

他掉了个头趴在地上，伸手抹去脸颊上的泥土，脸揉得剧疼。他摸出手电，打亮。那里是一个蜷缩成一团的人，脸朝下，双手被一条领带反绑在身后，那领带很显然是他自己的。

曼宁将这人反过来，这是一个五十多岁头发花白的男子，两撇胡子沾满了泥污，嘴里塞着一团破布。曼宁拽出他嘴里那团破布，没想到那布却很长，布的末梢带着淡淡的粉色。这人一定被人用棒子击打了头部，许多细细的血流在他脸上纵横交错，流了下来。

曼宁扶起他，但他已经失去意识，眼睛也上翻了。曼宁急切地晃着他的身体。

"你是谁？发生什么事了？这是谁干的？"

"我不知道。"这个垂死的人虚弱地说道,"有人——从后面——下面树篱——"他突然抽搐了几下,身体瘫软下去。

曼宁把他放下,一下子站起来,发出一声可怕的低吼,震得树叶噼啪作响。这人一定是玛乔丽的车夫,是他带着玛乔丽来到这里的。如果他被袭击了,绑起扔在这里,那只能说明一件事!

他要诱捕的那家伙现在把她抓走了,驾车离开了这里,随时可以解决她!

他冲出灌木丛,沿着小路往下跑,一边跑一边把枪塞回口袋里。他拐进路边一片被树木环绕的空地,贝尔蒙特之前把车停在这里。一路上,他除了希望还是希望,几乎要乞求上帝——他担心的事还是发生了。这里空无一物,车不见了。除了车主,没人能把车开走,而曼宁之前亲眼见他把车钥匙装进口袋里的。

他又一次出现在路上,步履蹒跚地沿着这黑白相间的通道往前走,他拼命使自己保持直立。这回没有胜算了,他根本没办法及时救回她来。

偏僻的小路在前面就要与主路会合了,这时地上有什么东西闪亮亮的引起了曼宁的注意。他走上前去,蹲下身子,捡了起来。那是他几小时前在英国大饭店交给她的那把左轮手枪。他将枪靠近面颊,没有气味。她都没有机会开枪。曼宁继续往前走去,但眉头紧锁,双唇紧闭。

这路怎么就没有尽头?他正想着,路却到头了。大门口灯火明亮,空无一人。现在没有人这么晚才离开森林公园,他们早就走了。他继续走着,前面昏暗的光线渐渐明亮起来,呈扇形展开。巨门,这是城市的入口。

灯光一下子都冒了出来,仿佛从地下渗出的灯油,城市的边缘在他眼前展现开来。他突然停住脚步,感到绝望无助,一方面是因为他喘不过气,更主要的是他不知道自己该何去何从。在他面前有六条大道,它们都以巨门为顶点,向不同方向辐射出去,仿佛半个车轮。走其中一条,就等于放弃了另外五个可能。玛乔丽现在失踪,就在他面前这钢筋水泥林立的蛮夷之地。

他脸上的表情十分难受,似乎快要呕吐了一样。

南美洲第三大城市,七十五万人口。要找到她,希望渺茫。

最终,他呼吸急促,汗水顺着前额往下滴,他穿过凉亭,依旧无法确定该走哪条路。这次的赔率太高,风险太大。六比一,赌一个女孩的生命。他此时感到十分无助,就像他初到这个城市,连路都不认识的那些日子。和那时一样,这些路都只是有奇怪名字的奇怪街道,通往奇怪的地方。

他经过一个方位指示牌,以前他经常要看这个,近几年他已经快要忘记还有这东西了。这其实就是在城市地图上加上了一个可调节的指示点,在一些繁忙路段的街角十分常见。这是从欧洲学来的,美国人并不清楚。他还记得,以前他每次搞不清方向时,都是方位指示牌帮他摆脱困境的。只要在指示牌上设定好你的目的地和你当前的位置，它便会显示出两个位置之间最便捷的路径。

他突然想起什么，猛地转过身，来到刚刚经过的那个方位指示牌前。为了方便行人使用，它的高度设定在胸口的位置。他抬起一条腿，用脚砸向指示牌。地图上面的玻璃面板裂成碎片。他想在地图上做一些铅笔标记，将脑海中的想法展示出来。而这个指示牌是不够的。

他用铅笔在裸露的地图上标出几次袭击案的事发地，嘴里还不停地念叨着。

"一、特蕾莎·德尔加多——迪亚博罗巷。"他用铅笔圈出一个大黑点，清晰地标出这一位置。"二、康奇塔·孔特雷拉斯——万圣园。三、克洛洛——圣马可街和正义大道的街角。"他将笔尖润了润。"四、萨莉·奥基夫——森林公园的湖边。"今晚这次事件不计在内，这次和之前那一次的地点完全一致。

就这样他在地图上标出了四个地点。他用直线将这些黑点对角相连，这时就形成了一个不太规则的"X"形，一条边比另一条稍长一些。

他凑近仔细看着地图，想弄明白这两条边的交叉点到底是在什么地方。他在交叉点周围画了一个圈，方便辨认。这里包括阿拉美达区，以及这一区到先驱广场之间的区域。圈出来的地方中心位置有一条难以辨认的细线，地图上用极小的字标注着：所普拉斯街。

换句话说，那豹子最初消失的地方正是距四个事发地等距离的位置。那里某个地方一定是这一切凶案的基地。那里某个地方一定就是那家伙的老巢。

没错，那条巷子已经彻底搜查过了。没错，他也不能保证这地方距离每个事发地一定绝对等距离。但曼宁目前所能想到的，所能做的只有这些了。而且这样比在整个城市慢慢搜寻更有效，胜算更大。至少他现在知道该从面前这六条辐射状大路中选择哪一条了。赌注仍旧很大，但赔率已经下降了很多。

这时远处开来一辆出租车，他竭尽全力呼喊着。五分钟后，他已经在巷口下车了。出租车开走了，他一个人站在那里。这里漆黑一片，如同地狱之门，从他站的地方一直到巷子另一头，看不到一点亮光。

他迎着黑暗走了进去，一个人开始挨家挨户地搜寻。

半小时后，他来到了那座没有屋顶的小教堂里。他翻过一堆堆破烂垃圾，手电的光也随着他在墙上上上下下地移动着。在手电白光的衬托下，他看上去脸色苍白，布满汗水。那些都是搜寻无果的汗水。他眉头紧锁，双唇紧闭。检查了三遍之后，他转身朝教堂门口走去。

他轻轻一擦，手电熄灭了，他心中的希望也随之熄灭了。他推门出来，一屁股坐在外面残破的石阶上，任由推门在他身后前后摆动着。他弓着身子,沮丧至极,他不知道还有什么地方可以去。

时间一点点流逝。他抬起头,看了看天,头顶依旧黑乎乎一片。还是夜晚。有时,长夜漫漫。但还不是你要死的时候。

他终于起身,浑身酸痛脚步蹒跚地向巷子走去。一个小石子进到他的鞋子,在鞋里跑来跑去,令他苦不堪言。他停下来,脚踩在墙上,脱下那鞋子。他倒了倒鞋子,并伸手进去摸了摸,确定石子没有嵌在鞋底上。果不其然,石子掉在他的手掌上。

他将鞋子扔到地上,打开手电,照向手掌。在他手掌的褶皱里,有个东西一闪一闪。一个极小的椭圆形的东西,很小但很闪。一个微型小管子。那是颗有孔的珠子!是她衣服上缀着的什么。

他在里面竟然没有找到她,这令他很受伤。

他急忙穿好鞋子,跑上那几阶台阶,又一次进入那个小教堂。因为这一次知道一定会找到点什么,带着不找到绝不放弃的想法,他最终找到了那里。那是一个铅盖的暗门,不论颜色还是外观都与其他铺地的石块一般无二,很难发现。他之前没有发现,也是因为他的注意力都在墙上,而不是这看上去十分坚固、乱糟糟的地面。他原本以为要找个缺口或壁炉这样的地方,却没想到会有这种装置。

他蹲在暗门旁,有些激动。盖板上有一个放平的拉环,他扶起拉环,没费多大力气便打开盖板。盖板里面还设有链条和支架。

他用手电往里面照了照,这是个狭长的地窖,有一些脚窝可下到底部。脚窝是随意凿在岩壁上的，不是对齐的。在洞底，他又发现了一块闪亮的小反光体。和刚才在外面他手掌上的一模一样。

"这是特意留给我的。"他心想，面色严峻，坚信不已。

这是什么地方？它通往何处？他都不知道。他只知道，她来过这里，所以他一定要走进这里。他开始一节一节进入地窖，先是双脚接着是大腿，然后是腰，最后整个头部没在里面，就仿佛一个被流沙吞没的人。一进入地窖，一股陈腐的凉气扑面而来，仿佛来自另一个世界。

他前面出现了一条地道，看上去没有尽头。地道两边有立柱支撑，顶上架有梁木，由于年代久远这梁木都变得黑乎乎的。这里看上去像个矿道。他顺着地道往前走，可是却感觉自己仍在原处，因为手电照亮的范围之外仍是黑暗一片。突然，他的手电筒照到了一些动物粪便。有几周之久，很多已经开始风化。

所以那豹子确实来过这里。至少曾经来过。

又往前走了几步，他突然退到一边，举起手中的手枪。前面突然出现什么白晃晃的东西。原来是一颗头颅骨，架在梁柱相交的地方，牙齿朝下，似乎要咬噬这梁木。这颗头颅骨洁白光滑，应该有上百年的历史了。

他正在想这地道什么时候是个头，手电的光突然照不过去了。前面被墙壁堵住了，墙上也有一些脚窝。他用手电向上照去。

地道顶上有一个和他进来的地方一模一样的暗门装置。他踏上第一阶台阶，停了一下。他将手电熄灭，别在腰带上，等他就要打开顶盖的时候，他掏出手枪。他知道他就要接近终点了。

和另一头的盖板一样，他在这里也没费什么力气，这说明，这两块盖板最近被频繁使用。而且不仅这一点，这两块盖板在拉动时都没有什么噪音。盖板发出轻微的声响，上面连的铁链发出"叮叮当当"的声音。

随着他慢慢走上来，他惊奇地感觉到他附近有另一个人存在。那人先发现了他，克制自己的行为，正一动不动地站在一旁。他脖后的肌肤猛地收紧，警惕地将枪举向上方的黑暗之处。他小心翼翼地从最后一级台阶上跨出一只脚，然后抬起另一只。

他突然感到气流的变化：有人在旁边动了一下，但他反应太迟了。

一支枪顶在他的后背上，它就像一个功率强劲的吸尘器，一下子令他一动也不敢动。

一只手突然伸过来压在他手上，拿走了他的枪。这只手和他一样冰凉、紧张。有个声音粗暴地说："别动！"他还没反应过来，只听"咔啪"一声，一道光打在他的脸上，令他睁不开眼。

贝尔蒙特的声音突然响起，音色饱满："天啊，是你呀！我差点——"

"你怎么能跑掉呢？"曼宁愤怒地吼道。

"嘘！小声点儿！"贝尔蒙特提醒道，把曼宁的枪递还给他，"我的直觉告诉我要跟着那驾马车。我来不及通知你。即便这样，他也差点从我眼前溜走。最后我终于在距这巷子三个街区的地方找到它，可马车上已经空无一人。"

"你来了多久了？"

"比你早几分钟吧。你从那暗门上来时，我正打算四处看看。"

"这是什么地方？这地方到底是做什么用的？"

"这是异端审判所的地牢。一定是过去秘密建造的。这里有几十个小牢房，像蜂巢一样相互连通。来吧，带你去看看我发现了什么。别弄出任何响声，那家伙就在这附近。"

虽然他们两人一点也不安静，并没有迹象表明这里有什么东西听到了他们的声音。曼宁用手电筒照了照四周，看清了贝尔蒙特在他来之前已经侦查过的这块地方：这里是一个岩壁有些剥落的拱顶走廊，每隔几米就有一根粗粗的石柱子，支撑这一连续的拱顶。每两个柱子之间都有一道冰冷的铁门。

"你走那边，我走这边。"贝尔蒙特吸了口气。

他们两人分开，便看不到对方了，都湮没在黑暗之中。随后，每隔一会儿有一边就有手电光亮起，很快又熄灭了，这手电光的位置则显示出他们两人各自的进展。偶尔会传出铰链抱怨似的呜咽声，但大部分铁门早就年久破败，倒向一边，根本不用动。有一两个整扇门都已不见踪影。每扇门后面都有一张泥灰搭成的小床，比棺材大不了多少，而他们最后几乎都进了棺材。

这些不计其数的小牢房设计的角度很奇特，竟然转到了贝尔蒙特这边。这说明这地下墓穴到此结束了。现在只剩这最后一扇铁门了。曼宁速度比较快，率先来到这扇门前。他的手电筒照了一下，马上又移开了。

他用手电照着地面，示意贝尔蒙特过来。贝尔蒙特从黑暗处走了过来。曼宁的声音极小，让人不得不连猜带蒙。"别出声。摸一下这扇门。"

"热的。"

"比其他几扇门都热，其他几扇都是冰凉冰凉的。这扇门后面有东西。"

他张开手掌，在门上摸着，想找到那个隐藏的把手。他的动作还没做完，贝尔蒙特就用胳膊将他顶到一边，他自己上手拉门。这个南美人当时表现得十分安静，但却杀气腾腾，似乎他等这个时刻已经等了很久了。

门打开了，从两人身侧画出一条弧线，出现在他们眼前的景象让人觉得不真实，奇幻无比。

这实在太不真实了，他们的大脑无法消化他们的眼睛所看到的景象。这间一定是这个审判所的刑房。墙上靠着各种叫不出名字的奇怪刑具：这些早已被遗忘，遗留在历史里，人类总是要向前发展的，不再停留于找苍蝇翅膀的天真阶段。到处是垂下来的锁链，钉死在墙上的铁皮衣，还有个像烙手印的烙铁，都是用来折弯那些天生硬骨头的人的背脊的。

这些东西令人恍惚回到了四百年前。在那之前，这些东西在魔鬼研究和中世纪寓言中常常被提到。这地方现在又有人使用了。

这房子最里面有座石块砌成的炉子，现在，这里和古时候一样，又燃起了熊熊的炉火。曾经这里用来烧红铁烙，或者融化铅液。在古代，失去意识的受刑之人躺在一块有弧度的厚板子上，类似于屠夫用的剁肉板；现在，这位受刑人穿着20世纪的缀珠晚礼服，不过这礼服已经和破布一般无二。

她的双腿从木板一头垂了下来，一只脚上的拖鞋掉在了地上。她的头垂在板子另一头，头发散落着，在火光的照耀下，似乎在来回飘动。

在受刑人和火炉之间有一个怪异的剪影式黑影，类似于封建时代盾徽上的形象：一头直立的动物，一头狂暴的狮子或豹子。那黑影长着猫科动物的头，两只三角形的小耳朵向上立着。

两只猫科的爪子悬在受刑人的上方，正在攻击，一开始还算轻柔，只是撕碎衣服，划破衣服下白皙光滑的肌肤。随后便加快速度，伤口更深，这家伙变得越来越疯狂——血渐渐涌了出来。

曼宁感到眼前发黑，有些晕眩。那不是真的，这里什么也没有，是他眼花，出现的幻觉；等他的知觉都恢复了，就什么也不会看到了，只有一间空房子。有那么一刻，他差点呕出来，因为动物不会直立，人会，但人不会长着尖尖的耳朵，铲形的猫科动物头，而这个幻象却是如此。

有人叫了一声,但不是从那边传来,而是从曼宁近旁。接着左轮手枪便开火了。曼宁觉得这枪声是那么清澈,那么动听。那家伙,不管它是什么,暴跳起来,显得更为高大,爪子在空中挥舞,准备转身过来。

左轮手枪又开了一枪。这家伙倒了下去,在地上翻滚了一下,便不再动弹了。豹子,人,还是豹人?

曼宁下意识地走上前,步履蹒跚,在木板前,跪了下来。用胳膊托起她了无生气的身体,保护性地紧紧拥入怀中。这只是他晕晕乎乎下意识的行为。这时,他感到了一颗心在贴近他的心房的地方跳动着,他知道她还活着。

左轮手枪这期间不断响着,同时伴随着复仇的语句。"这一枪为康奇塔。"砰!"一枪为康奇塔。"砰!"这一枪为其他受害人。"砰!"这一枪还是为康奇塔!"

开枪的火光在贝尔蒙特的脸上闪烁,每一次都从下往上照亮他的脸。

"贝尔蒙特,可以了,"曼宁开口劝说,"控制自己的情绪。那家伙都死十遍有余了。"

但左轮手枪仍然一遍又一遍地开着空枪。

过了一会儿,曼宁从贝尔蒙特手中拿走这支空枪。"照顾好这个女孩。"贝尔蒙特接过女孩,抱着她向外走去。曼宁走上前。仔细看着地上蜷成一团的东西。他静静地站着,冷眼望着。那家伙脸埋在地上,曼宁用脚将它翻了过来。他弯下腰去,仅此一次,随即直起身子。

贝尔蒙特再次返回这里时,曼宁正站在火炉旁,将一把小铲子伸进炉子里。他还没弄明白曼宁在干什么,就见他把铲子抽了出来,翻转过来。满满一铲子烧红的煤块就倒在了地上裸露的面孔上,覆盖在上面。煤块暗了一下,立即又亮起来。蒸汽从这些青灰的石块中冒了出来,像一条条白色的小细蛇。

曼宁扔掉手中的铲子,两人迅速离开了这里。

曼宁和贝尔蒙特坐在阿拉美达的一家小餐馆,沐浴着晨光,小口喝着一杯烈性白兰地。一个擦皮鞋的小男孩正蹲在贝尔蒙特的脚前。他们四周的生活全部照常进行。很难想象,就在几个小时前,在距离这里不过几步路的地方——

"你那样简直就像发疯了一样——"曼宁开口说道。

贝尔蒙特丢给擦鞋男孩一枚硬币,把他打发走了。"我疯了?"他笑着说道,"事实上,我清醒得很。这里没有死刑。根据法律,这些人最多会判他二十年。"他耸了耸肩,"你明白了吧。"

"明白了。"曼宁表示赞同。

"有一点,我没弄明白,"贝尔蒙特想了想,说道,"那豹子一开始是怎么进到教堂里的?大门锁死了,那晚警察搜查时是用木桩撞开的,你还记得吧?"

"那教堂没有顶,只有四面墙和头顶的天空。我猜想,它一开始跑到旁边住户门前,随后便爬上屋顶或什么残垣断壁之类的地方。当它发现自己无路可逃,只好跳进这残破的教堂里,它又全身漆黑,夜晚正好可以为它提供更好的掩饰。对它来说,从这么高的地方跳过来,不是没有可能的,尤其又是在它受惊的时候。

"那个人后来用什么方法抓住它,具体情况,我们便不得而知了。昨晚你一开枪,我们便再也无法弄明白这些细节了。也许用大石块把它砸晕后再拖进那条地道。那地方他一定早就用过的。"

等为他们送来另一杯酒的服务生放好酒杯,离开之后,他又接着说:"这人早就有杀人欲了,导火线早就摆在那了。豹子就是火星。火星点燃导火线,然后'轰'!在这里炸开。每座大城市都有一些这样的人,幸运的是,大部分人到最后都没有爆炸。只有百分之一的人会失控,你都知道的!伦敦的开膛手杰克,法国的蓝胡子,还有那个斧头杀手——叫什么来着?——发生在德国的。"

"这个人抓住豹子,养了一段时间。我们离开前,他们已经在其中一间牢房找到了豹子的坟墓,还记得吧。你知道他们把豹子挖出来后,有什么发现吗?"曼宁做了一个切东西的动作,"它的前爪被截掉了,头上的皮也被扒了——"

贝尔蒙特忙端起酒杯,一饮而尽。

"我认为他一开始并没有这么做,他没有用什么手套、面具。

我认为第一次时，他想办法把豹子运了过去，在他的控制之下的一头活豹子。他们来到特蕾莎·德尔加多出事的地方，开着车或把它装在箱子里，谁知道呢？他把它带进高架下面的通道，在黑暗中等待第一个经过的行人，等特蕾莎过来时，便放开它，看它有什么反应。他或许为了让它表现得凶残，之前特意饿了它一段时间。"

"那豹子为什么不攻击他，而去攻击那女孩？"贝尔蒙特问道。

"他很有可能有什么控制它的方法。一定是的，否则在完成攻击之后，他就没有办法立即捕住它。"

"继续说，伙计。"贝尔蒙特打了个寒战，倒吸一口凉气。

"但是这对他来说，完全不够。这攻击太快，也不直接。他既不能靠得太近，又不敢待在那慢慢欣赏。这太麻烦了。所以他后来没有再用这个方法。可他的杀人欲望不断膨胀，他决定自己来充当豹子，于是他杀死了豹子，从此他自己便是豹子，他套上用豹爪制成的铁爪手套，而且他还想办法让这铁爪和现实中的豹爪一样具有伸缩功能——靠小弹簧或者铁丝之类的，谁知道呢？"

贝尔蒙特用手在眼睛上抹了一把，似乎想抹去一些太过强烈的画面。他又急忙发问，似乎不想听到那个特定的阶段。"他这样一副装扮怎么在街上走呢？"

"他当然不会了。昨晚你有没有注意到那件折起来的宽松大外套，上面有几个大口袋的？他很可能将这外套裹在身上，到最后时刻才将它脱掉。"

"可他也没有留下脚印呀。"

"只要在鞋上缠些破布就能办到。但我们现在不是讨论警方如何侦破，我们是在讨论一个扭曲的心理的变化历程，一个很不幸的病例发展，等人们发现时，一切都太迟了。他需要的不是警察，而是医生。"

"我的左轮枪就是医生。"贝尔蒙特说道，眼神变得冰冷。

"没错，那个时候，枪是最好的，也是唯一可治愈他的医生。"

"这样的人，该如何识别呢？"贝尔蒙特疑惑地问道，"从外部表现能看得出来吗？"随后他又自问自答道，"我估计不能。"

"有时候也可以，"曼宁沉思了一下，"如果你够聪明，如果你能明白这些表现的含义。但人们往往不会明白。有时，你会发现他无意间流露出的眼神，因为某种狂热而闪闪发亮，这在其他人眼中是不会出现的。就是那种出乎你的意料，但你却自以为是地认为那只是你的错觉的眼神。"

"你在谁的眼中见过这种眼神吗？"贝尔蒙特好奇地问道。

"现在想来，是有那么一次。在警局的一个房间里，房间里挤满了人。他们在审讯一名疑犯，我一边用锉刀磨指甲，一边旁听。我还弄伤了我自己，这里——"他主动伸出手指，在大拇指下面的一道伤痕上慢慢划过，"我走上前去，来到灯光下的疑犯身旁。大家都被这鲜血直流的伤口吓坏了，不忍直视，只有一个人，就那一个人,我在他的眼中看到了某种邪恶的热情、某种痴迷。我当时认为我看错了,就这样傻乎乎地忽略了这一感觉。这眼神就这样被我忽视了。但那眼神的确存在过,的的确确,就在那时。如果我当时能反应过来就好了。"

"那人是谁?疑犯?肯定是!——"贝尔蒙特感兴趣地问道。

曼宁没有立刻回答,而是拿起他的空酒杯,反过来放在桌上,"不是,是审讯的人,警察分局局长,罗布尔斯。"

贝尔蒙特大吃一惊,脸皱成一团。

"现在你知道了,"曼宁平静地说道,"你有权知道。要知道,其他人如果听到这个消息,一定和你是一样的反应。这会损害警方的形象,对公众也没好处。因此,我觉得我们还是保守这个秘密吧。你知我知。还有那一铲子火炭知。"

曼宁站起身,伸了个懒腰,享受着咖啡馆前温暖而明媚的阳光。

他的声音减弱了很多,似乎不想再继续讨论下去。"有些事永远不要再提——不过真相毕竟是真相——你我都知道,这或许以后会成为你我的梦魇。"

"现在可真美!"玛乔丽兴奋地说道,"快过来看看。"

曼宁走到她身后。她正站在一扇打开的落地窗前。她仿佛第一次看到这样的景色,完全陶醉于其中。这确实是第一次。以前这里被乌云遮盖,她从没有看清过这城市的样子。

曼宁搂着她的肩，两人静静地站着，看了一会儿。明亮的夜空，青黑的远山，映衬在蓝天下，落日的余晖从山后透出些许红光。近处，一条条白色光带，向这方延伸，越靠越近，那是小克洛洛曾经经常出没的街道和酒吧。

她的鬼魂一定还在那些地方游荡，但不是吓人的那种，而是胆大、友好的那种，对着路人微笑，快活地甩着她的手提包。

"听说你要回去了？"曼宁终于开口了。

"应该是吧。等下一班船。可这还要等三十天。你接下来有什么打算？"

"不知道，也许就在这儿安顿下来。那件事之后，似乎一切有了一些转机。我和贝尔蒙特可以平分市政厅给的那笔奖金，我和你说过了吧？而且，专员大人已经任命我为特别调查员，不设职位，直接听命于他。好事总是成双成对，今早，我收到了我的老雇主琪琪·沃克的信件，她非常希望我重新做回她的经纪人。而我最想做的是开个小公司，现在我也有资金了。可以经营打字机、剃须膏之类的小东西。"

"你应该找个女人，一起安顿下来。"

"我已经找到了，只是她还不知道罢了。"

"你打算什么时候向她表白？"

曼宁的几根手指在玛乔丽背后生硬地动了动，但并没有碰到她。"很快。接下来的三十天之内，在那班船离开之前。"

图书在版编目（CIP）数据

黑色罪证 /（美）康奈尔·伍里奇著；魏兰译
. —— 上海：上海文艺出版社，2019（2021.3重印）
（康奈尔·伍里奇黑色悬疑小说系列）
ISBN 978-7-5321-7283-2

Ⅰ.①黑… Ⅱ.①康… ②魏… Ⅲ.①长篇小说—美国—现代 Ⅳ.① I712.45

中国版本图书馆CIP数据核字（2019）第135563号

黑色罪证

著　　者：[美] 康奈尔·伍里奇
译　　者：魏　兰
责任编辑：蔡美凤
装帧设计：周　睿
责任督印：张　凯

出　　版：上海文艺出版社
出　　品：上海故事会文化传媒有限公司
　　　　　（200020　上海市绍兴路74号　www.storychina.cn）
发　　行：上海文艺出版社发行中心
　　　　　（上海市绍兴路50号）
印　　刷：上海中华印刷有限公司
开　　本：889毫米×1194毫米　1/32　印张8
版　　次：2020年2月第1版　2021年3月第2次印刷
ISBN：978-7-5321-7283-2/I·5798
定　　价：35.00元

版权所有·不准翻印

上海故事会文化传媒有限公司 出品（00919）www.storychina.cn

想看更多精彩故事？
扫码下载故事会APP

上海故事会文化传媒有限公司所有图书可办理邮购，免收邮费（挂号除外）
汇款地址：上海市绍兴路74号(200020)，　收款人：上海故事会文化出版发行部
联系电话：021-64338113
如发现本书有质量问题，请与印刷厂质量科联系 T.021-60829062